「私が学校に行く必要性があるとは思えないのですが。マスター」
「……いいからさっさと支度しろよ」
13 オープニング：入学式
307 エンディング：ある日の登校風景
れじみる。
藤原 祐
原案協力／イラスト 椋本夏夜

「お前なぁ……」
「先輩、手を握ってもいいのですよ?」

23 第1話：
デート DE デート DE 遊園地
「ま、待って下さい姝子先輩！」
「姫はかわいいにゃー」

75 第2話：
ドキドキ☆お弁当WARS
「受けて立ってやるわよ。
ふざけんじゃないわよ」
「料理など誰にでも
作れるものですし」

139 第3話：夏祭りセンチメンタル

187 第4話：
ナツヤスミ・パニック!
「ゼッケン付きはレアなのです」
「ばっかじゃないの」
きじま

「硝子ちゃん、かわいいよ」

251 第5話：保健教師のいけない休日

design:
Hirokazu
Watanabe
[2725.Inc]

れじみる。

藤原 祐

原案協力／イラスト 椋本夏夜

城島晶
硝子の主人（マスター）で同居人。表向きは従兄弟ということになっている。硝子に振り回され苦労が絶えない。
城島硝子
一見非の打ち所のない美少女だが、実は異世界からやって来た不思議少女。常軌を逸するプリン好き。本人は「機械ですから『好き』という感情などありません」と頑に否定している。
森町芹菜
晶の幼馴染み。姉御肌。人知れず晶に想いを寄せているが、微妙に一歩を踏み出せない。

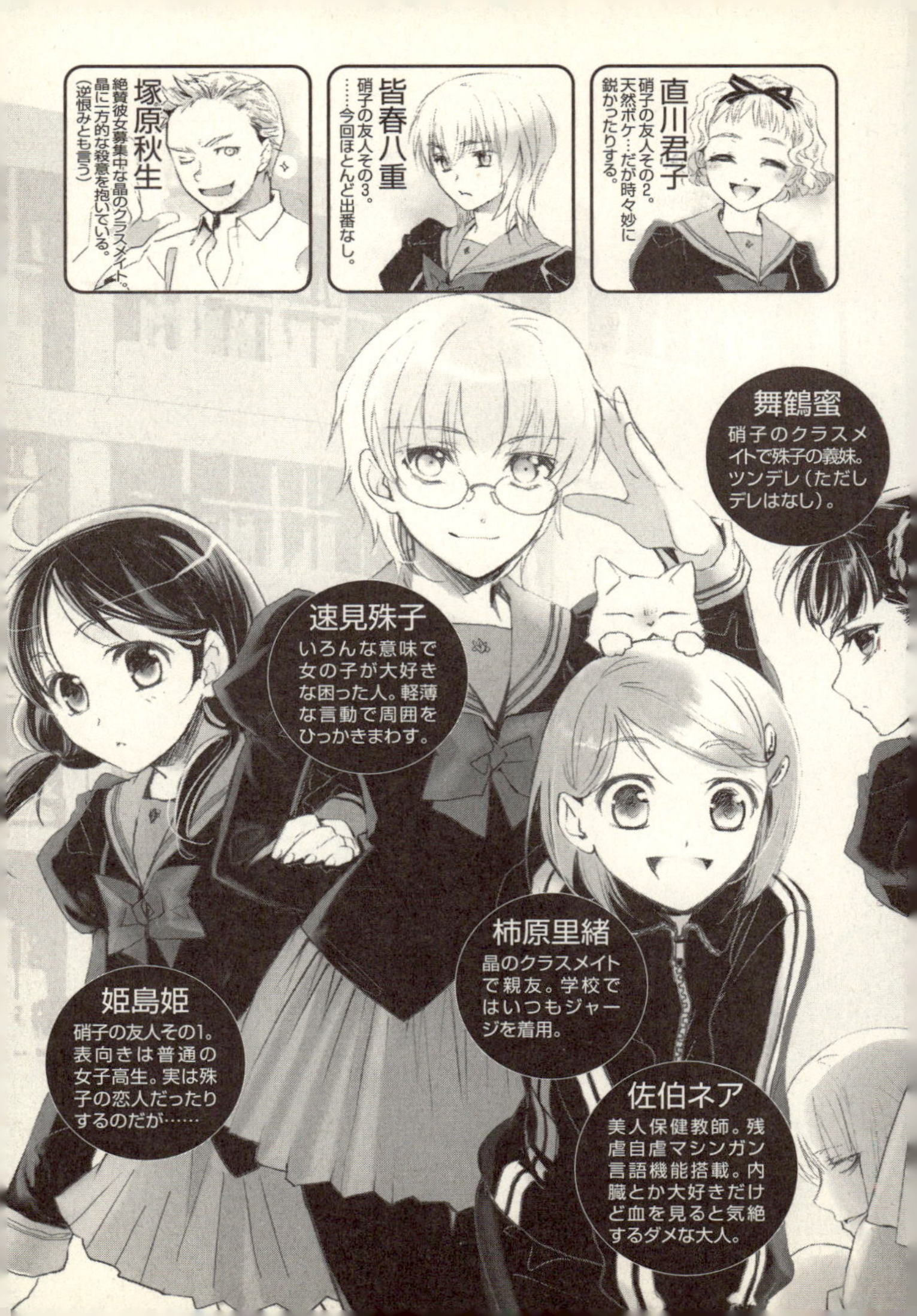
直川君子
硝子の友人その2。天然ボケ……だが時々妙に鋭かったりする。
皆春八重
硝子の友人その3。……今回ほとんど出番なし。
塚原秋生
絶賛彼女募集中な晶のクラスメイト。晶に一方的な殺意を抱いている。（逆恨みとも言う）
舞鶴蜜
硝子のクラスメイトで殊子の義妹。ツンデレ（ただしデレはなし）。
速見殊子
いろんな意味で女の子が大好きな困った人。軽薄な言動で周囲をひっかきまわす。
柿原里緒
晶のクラスメイトで親友。学校ではいつもジャージを着用。
姫島姫
硝子の友人その1。表向きは普通の女子高生。実は殊子の恋人だったりするのだが……
佐伯ネア
美人保健教師。残虐自虐マシンガン言語機能搭載。内臓とか大好きだけど血を見ると気絶するダメな大人。

オープニング：
入学式

れじみる。

新しい季節の気配《けはい》が色濃《いろこ》くなってきた四月の七日。

朝、七時三十五分。

雲らしい雲も見えない快晴の中、私は着慣《きな》れない服に袖《そで》を通し、自宅の玄関に立ちました。

今日《きょう》は、私立挟間《はさま》学園の第二十三回入学式。

もちろん、入学式に出るのは——私です。

「おはよう、硝子《しょうこ》ちゃん」

玄関の扉を閉めた私の背後で声がしました。

「おはようございます、おばさま」

声の主《ぬし》は、向かいの家に住む森町家《もりまちけ》の母親、森町秋菜《あきな》さん。

短くカットされた髪に、細身の長身をきっちりとした正装で包んだ姿は、凜々《りり》しいと形容して差し支えのないものです。

「お、可愛《かわい》いねっ。うちの次女とは思えないわあ」

いえ、まあ、思えないというか、普通に次女ではないのですが。

「可愛げのない長女に見習って欲しいくらいねぇ」

「実の娘を目の前にして可愛げのないとは何よ……」

おばさまへ苦々《にがにが》しげに呟《つぶや》いたのは、森町家の本来の娘である芹菜《せりな》さん。母親に似た長身は、私と同じ服を身に纏《まと》っています。

黒を基調《きちょう》としたセーラーでした。膨《ふく》らみを帯びた肩からタイトに絞られた袖は、口のところで灰色《はいいろ》の折り返しになっています。胸のリボンは朱《しゅ》。プリーツの多いスカートはやや短めで、ソックスは膝上《ひざうえ》か膝下の選択式《せんたくしき》。それは私立挟間学園指定の制服で——つまり私と芹菜さんは、今日から同じ学校の先輩後輩《せんぱい》になるということを意味していました。

芹菜さんのこの姿は何度も目にしてきましたが、まさか自分が同じ服を着ることになるとは半年前までは想定したことさえありませんでした。異《い》なものです。

「可愛げのないもんはしょうがないでしょう？　同じ服着てこうも違うとはねぇ」

おばさまは口を尖《とが》らせつつ、実の娘をじろじろと眺めました。

「可愛くなくてすいませんねぇ。あなたに似たんですよ」

そんな彼女に、芹菜さんも負けていません。……実際、口を尖らせた仕草《しぐさ》はそっくりです。

「で、晶《あきら》ちゃんは？」

「ああ、あの人なら……」

尋《き》かれ、玄関に再び目を向けると、ジャストタイミングでドアが開きました。

「あ、おはようございます」

セーラー服と同配色のブレザーにネクタイ。男子の制服を着て現れたのは、私の同居人であり、私を挟間学園に通わせるように決めた張本人。

名前を——城島《きじま》晶。

「今日《きょう》はよろしくお願《ねが》いします、おばさん」頭を下げる彼に、

「任せときなさいな。しかし、二年連続で入学式に出席できるって運がいいわねえ私も」

おばさまは顔を綻《ほころ》ばせます。

保護者《ほごしゃ》たる大人《おとな》のいない私たち城島家《きじまけ》にとって、向かいの家の森町《もりまち》家は、こういった行事には欠かせない保護者代わりなのです。

「さ、じゃ、行きましょうか。硝子《しょうこ》ちゃんのことは私が完璧《かんぺき》にこなしてみせるからね！」

「母《かあ》さんじゃ不安よ……」ぽつりと芹菜《せりな》さんが呟《つぶや》きますが、「って、痛っ！」

おばさまは爽《さわ》やかな笑顔《えがお》で自分の娘の頭部へと鉄拳《てっけん》制裁を振り下ろし、そのまま何ごともなかったかのように先立って歩き始めました。

「待て、このＤＶ女！」頭を押さえた芹菜さんがそれに続き、

「あらあら、バイオレンスじゃなくてラブよ？　それもわかんないのこの馬鹿《ばか》っ娘《こ》」

「何よ『馬鹿っ娘』って……母さんゴシップ週刊誌の見過ぎ！」

森町母子はそんな調子《ちょうし》で、お互いをよく似た声で罵倒《ばとう》しながら先に歩いていきます。

「……行くか」

「ええ」取り残された城島家のふたりは、溜息《ためいき》をひとつ。

彼女たちに遅れて、一歩を踏み出しました。

さて——初めての登校です。

隣《となり》からぼそりと声がしました。

「学校、上手《うま》くやれよ」

「上手くというのが具体的にどういうことを指すのか今ひとつ理解できません。まずは『上手い』という言葉の定義付けを要求します」

「……そういう表現を使わずに会話するのが『上手い』ってことだ……」

「要求が抽象的過ぎます」

「……、やっぱ不安だな」

隣で頭を抱えられたので、私は前を行く森町母子に聞こえない程度の声量で言いました。

「不安と言われても。……そもそも私は機械ですから。人間らしい喋《しゃべ》り方を期待されてもそれに応《こた》えることができるかどうかは判断できませんよ……マスター」

そう――。

私は、人間ではありません。

それどころか、本来はこの世界の住人でもありません。

『虚軸《キャスト》』と呼ばれる異世界、そこから来た存在。

私の本体はこの次元からずれた裏面空間に存在する機械《きかい》であり、そしてこの人間の身体《からだ》は外部コミュニケーション用インターフェイスとして使用しているだけ。

ですから、本来は学校などに行く必要などはまったくなく、高校に通うことになったのも、私の『マスター』である城島晶《きじまあきら》が命令したから、ただそれだけの理由であり——。

「不安ならば学校になど通わせなければいいではないですか」

「……その文句はもう聞《き》き飽《あ》きた」

マスターは、外部社会との交流によって私の精神的成長を促《うなが》すのだと、そう主張していました。しかし私は機械《きかい》であり、精神というものを所持していません。

私にはこんなこと、無意味だというのに。

「まあ、もう仕方ないですね。殊子《ことこ》さんにもいろいろしてもらったことですし、マスターの命令ですから私に拒否する謂《いわ》れはありませんし」

「そんな厭味《いやみ》ったらしい言い方するなよ……それとな、硝子《しょうこ》」

「はい？」

「家の中じゃないんだから『マスター』はやめろ」

「そうですか。では、何と呼べば？　そうですね……対外的に私たちは従兄妹《いとこ》同士ということになっていますから……『お兄《にい》ちゃん』とでも呼びましょうか？」

「……それもやめろ」言い出したマスターは何故《なぜ》か頭を抱えています。

「お好みなら『お兄たま』とか『お兄さま』とかバリエーション展開も豊富ですが」

「だからやめろ……『先輩《せんぱい》』とか、そんなんでいい」

「おや、お気に召しませんで」

先輩、ですか。

まあ確《たし》かにマスターは今日《きょう》から高校二年生で、学校内での関係に限定すれば先輩後輩の立場ではありますし、その辺《あた》りが妥当でしょうか。

「では先輩、今日からよろしくお願《ねが》いします」

「ああ、しっかりやれよ」

しっかりやれと言われても、何をどうすればいいのかは判断不能ですし――学校生活で何か得るものがあるとは考えられません。

私は、住宅街の路地をマスターとふたりで歩きながら、そんなことを思考しました。

ただ。

挟間《はさま》学園には、私と同じ『虚軸《キャスト》』が、同様にして通っています。

保健《ほけん》教師として勤務している佐伯《さえき》ネア。

マスターの友人である、柿原里緒《かきはるりお》さん。

私の入学に至る手続きを裏で根回ししてくれた、速見《はやみ》殊子さん。

私と同じく今日から入学する、殊子さんの義妹《いもうと》である危険人物、舞鶴蜜《まいづるみつ》。

いずれもこの世界ではない別の世界に侵蝕《しんしょく》された、私の同類たち。

彼女たちと日常的に交流することで、私の知らない、マスターの学校での顔を見ることができるかもしれない。そのことだけは――利益として計上してもいいのかもしれません。

「ほら、早く来なさいよあんたたち！」前方で森町《もりまち》のおばさまが私たちに手を振っています。

はしゃぎ過ぎです。どちらが子供かわかりません。

「はい！　ったく……お前がぼさっとしてるから」

マスターはおばさまに視線《しせん》を遣《や》りつつ、私に文句を言います。

いえ、私は別にぼさっとしていた訳《わけ》ではないですし、責任がこちらにあるとは断定できないのですが――そう言い返してやろうと思考した私の手を、マスターが不意に掴《つか》みました。

「あ……」

「ほら、行くぞ」

「……ずるいですね、マスター」

「ん？　何か言ったか？」

「……いえ」手を握られてしまっては、言い返せないではないですか。

絡《から》まった指を引っ張られるままに、私は足を速めます。

角を曲がった先にある公園では桜の花が満開で、朝の日射《ひざ》しの中に舞《ま》っていました。

――そういえば、この時間帯に外に出ることは今までなかったな、と。

私はそう思考しながら、今日《きょう》から始まる新しい生活に、小さく溜息《ためいき》を吐《つ》きます。

第1話
デートDE デートDE 遊園地

れじみる。

SIDE-A
二ノ鳥硝子の場合
チケットもらったんだ
今度の休み空いてるか？
予定はありません
遊園地ですか？
ですがマスター
私は機械です
そのような遊戯施設に行く必要がある訳では
必要かとか言うなら別に僕だって…
そもそも遊びに行くところだし
いやその…
では何故行くのですか
あのな…お前もう少し気楽にだな
無理です機械ですから
わかったよそんなに嫌なら無理にとは……
どうせもらいもんだ
硝子？
ガタゴト
どちらがお好みですか？マスター
……行く気なのか……？

SIDE-B
姫島姫の場合
遊園地のチケット?
はい! 友達にもらったんです
ふーん
それで?
え
あせっ
だから
一緒に…
殊子先輩と
今度のお休みに
そのっ
チラッ
二人……で
鼻の下
た 楽しんでる――!?
声にならない
姫はかわいいなぁ♥
もうっ 知りません
――と いうわけで

私立挟間《はさま》学園一年九組出席番号二十四番である姫島姫《ひめしまひめ》の恋人は女の人である。

これは彼女にとってのトップシークレットだ。

秘密にしておかなければならない理由は幾つもある。同性と付き合っているという状況の異常さも当然のことながら、何より——その恋人が友人である城島《きじま》硝子《しようこ》の知り合いということは非常に大きい。姫本人は自分が同性愛者だとは微塵《みじん》も思っていないから尚更《なおさら》だった。

だったら女の人と付き合うなんてやめておけと言われそうだが、何となく気分とノリでとは言えそういうことになってしまった以上、意地のようなものも手伝って、今更引き返したりなかったことにする訳《わけ》にはいかない。そもそも、まだキスまでしかしていないしそれ以上のことをする予定もないのだから今のうちに引き返せと諭《さと》されたって、思い直すつもりもない。

だって、少々異常なこの状況は、実はちょっとだけ楽しいのだから。

楽しいことはやめられない。

世の中には苦しいことが山ほどあって、と言うよりもどちらかと言えば苦しいことだらけで、それなのにわざわざ楽しいことをやめてしまうほど、姫は世界を楽観《らつかん》していない。

まあ、手を繋《つな》いだり甘えたりが大っぴらにできないのはちょっと切《せつ》ないけれど。

ともあれ、男の人と女の人どちらと付き合うのが楽かといえば、これは女の人とであるのは間違いないので、いいかなとも思う。当たり前だ。性差のせいでこっちを本質的に理解してはくれなくて、しかも最終的には絶対に身体《からだ》を求めてくるだろう男の人と、優《やさ》しくてこっちの気持ちも理解してくれて、しかもセックスが必要でない女の人。

そもそも未体験《みたいけん》の身としては、そういうことをするのはかなり恐《こわ》いし――一緒《いっしょ》にいて楽しいのは、後者に決まっている。

という訳で、姫島姫の彼女は、同じ私立挟間学園三年一組所属。

名前を、速見《はやみ》殊子《ことこ》という。

本日は、六月最後の日曜日《にちようび》です。

六月には祝日というものが存在しません。よって学校に通っている私たちにとって、六月の日曜というのは限られた休日の中でも特に貴重なものであるそうです。

ただし私には、それが『どのように貴重なのか』は理解できません。機械《きかい》であり感情のない私にとっては、そもそも学校が休みであろうとなかろうとそこに本質的な差異を見出《みいだ》すこと自体が無意味なのです。

ともあれ。

「マスター、あれは何でしょうか」

「家じゃないんだから『マスター』はやめろ。……メリーゴーラウンドだ」

私たちはそんな、六月最後の休日に、遊園地へと赴《おもむ》いていました。

マスターが、友人の大田《おおた》敦《あつし》という人からここのフリーパスチケットを手に入れたのです。どういう経緯《いきさつ》かは知りませんし興味《きょうみ》もありません。ただ、私は遊園地という場所に行ったことがなく、そしてマスターもまた、この場所の遊戯《ゆうぎ》施設を使って私に『感情』というものの機微《きび》を教え込もうとし、ふたりの利害が一致した結果こういうことになりました。

「メリーゴーラウンド、とは……あれはどういった目的を持っているのですか？　どうも同じ場所をぐるぐると上下しながら回っているようにしか見えないのですが」

「どう楽しいかと言われても説明に困るんだけど……」

マスターは困惑《こんわく》したように言います。

ここに来てからずっとこの調子《ちょうし》です。

「では乗ってみましょう」

「乗るのか!?」

「はい。……何か問題でも？」

「……いや」

妙に渋《しぶ》るマスターに構ってはいられません。

私は小走りで駆けると、係員のおじさんのところへと行きました。

「ひとりお願《ねが》いします」

「え、ひとり？」

怪訝《けげん》な顔をするおじさんに頷《うなず》きかけたその時、

「……ふたりで」

マスターが私へ追い付いてきました。

「なんだ、喧嘩《けんか》でもしたのかい？」私たちへ、おじさんが苦笑します。

「喧嘩？」意味がわかりません。

「まぁいいってこった！　仲直りには丁度《ちょうど》いいわな」おじさんは豪快《ごうかい》に笑い、

「じゃあ、あんたたちは……お、あれあれ。今通り過ぎたろ、あのかぼちゃの馬車な」

「いや、できれば別々で……」マスターが口を挟みましたが、

「なぁに言ってんだ甲斐性《かいしょう》がねえな少年。こういう時は男の方から折れといた方がいいんだよ！　いや確《たし》かに俺《おれ》もな、結婚前には……」

おじさんは何故《なぜ》か、マスターを制止してお説教を始めました。

「いや……」マスターは困っているようです。私は主人の危機《きき》と判断。

彼らに割って入りました。

「おじさん。……先輩《せんぱい》は甲斐性なしという訳《わけ》ではありません。ただ気が利かないだけですが、私はそれについて不満を持っている訳ではありません」

「……ん？」

おじさんは、きょとんとし、その後、

「ははは！　そうかそうか。こりゃ、俺《おれ》が一本取られたな！　ごちそうさま」

さっきよりも尚《なお》一層、豪放《ごうほう》に笑いました。

「『ごちそうさま』とは……何か食べたのですか？　そのようには見えなかったのですが……」

意味不明だったので尋《たず》ねようとしますが、マスターが私の袖《そで》を引き無言で制止します。

見ると、私たちの後に並んだ数名が、こちらを見てにやにやと笑っていました。

「いやいや少年……こういういい娘《こ》は絶対に手放すなよ？　さ、止まったぞ。じゃ、あれだ。一緒《いっしょ》に乗りな。いいメルヘンを味わえよ！」

「……だから厭《いや》だったんだ」おじさんに力の限り叩《たた》かれた肩を撫《な》でながら、マスターが小さく呟《つぶや》きました。これも意味不明です。

「行きましょう、先輩《せんぱい》」まぁ、そんなことを思考するより、今はこのメリーゴーラウンドとやらを体験《たいけん》してみるのが先決。私は今ひとつ歩みの鈍《にぶ》い先輩の手を引っ張ると、かぼちゃの馬車を模《も》した装飾過多《そうしょくかた》な丸い乗り物へ向かいます。

——しかし……。

背後に並んでいた人たちに、手を繋《つな》ぎ合った恋人同士だけしかいなかったのは何故《なぜ》でしょう？　恋人同士でないのは、私たちだけのようですが。

「お、あれ乗る？」と、恋人がメリーゴーラウンドを指差したので、姫島姫《ひめしまひめ》は苦笑した。

「あれはちょっとベタ過ぎじゃないですか？」さすがに恥《は》ずかしい気がしたので否定する。

放っておくと繋いだ手を引っ張られてしまいそうだったので、足に力を入れた。ああいうのもいいな、と少しだけ思ったのは内緒《ないしょ》だ。

「うーん」難《むずか》しそうに、恋人が首を捻《ひね》った。

「じゃあ、何に乗りたい？」

シャギーの入った猫っ毛に、ノンフレームの眼鏡《めがね》がよく似合う理知的な眼。均整《きんせい》の取れた身体《からだ》は女の姫から見ても綺麗《きれい》で、健康的《けんこうてき》で、しなやかだ。

「殊子《ことこ》先輩」見ていると何だか嬉《うれ》しくなったので、姫は恋人の名を呼んだ。

速見《はやみ》殊子。彼女の名前。

「ん？」

「そんなに焦《あせ》っていろいろ乗らなくてもいいじゃないですか」

「せっかく来たんだから沢山《たくさん》乗っといた方が得だろ？」

その声は、普段《ふだん》とは少しだけ違う。いつものこの人なら——姫《ひめ》の乗りたいものに何でも乗ればいい、とか何とか言って笑い、選択権《せんたくけん》をこちらに委《ゆだ》ねてくるのに。ひょっとしたら、彼女もこのデートを楽しんでくれているのだろうか？

「あのですね、先輩《せんぱい》。どうせ全部乗れないんだから、本当に行きたいところにだけのんびり行きましょうよ」姫の言葉に殊子《ことこ》は、それもそうか、と顎《あご》に手を当てた。

手を繋《つな》ぎ合っているのが少し気恥《きは》ずかしくなるほど、綺麗《きれい》な仕草《しぐさ》だった。女同士でよかったと思う。これが仮に男同士だったら手を繋ぐだけで明らかにおかしいけれど、今の自分たちは仲のいい姉妹か何かにしか見えないだろうから。

遊園地に行こう、と誘ったのは、姫の方からだった。

クラスメイトの皆春八重《みなはるやえ》から偶然フリーパスチケットをもらったのだ。遊園地デートなんて中学生みたいだが、実は憧《あこが》れていたから渡りに船だった。——確《たし》かに、そういう意味でメリーゴーラウンドなんてうってつけではあったけれど。

「じゃ、どうする？　姫の乗りたいものに何でも乗ればいい」

案《あん》の定《じょう》、殊子は姫にそう尋《き》いてきた。

「そうですねぇ」ジェットコースターは乗りたい。フリーフォールも乗ったことがないから乗ってみたい。観覧車《かんらんしゃ》は外せない。でもどれも、ここに来て真っ先にというのとは違う。

何が適切だろう？

考えていると、殊子が嬉《うれ》しそうな声をあげた。

「あれだ、姫。あれにしよう。決定」

「はい？」強引に手を引っ張られる。姫は厭《いや》な予感がした。

この人がこんなふうに自分を強く主張する時は、決まって意地悪をする時だったから。

「あ、え、ちょ、ちょっと！」

予感は……当たった。

「面白《おもしろ》そうじゃないか」

指差した方向には、お化《ば》け屋敷《やしき》。

フランケンシュタインだのドラキュラだのミイラ男だの、オーソドックスな、だけど異様におどろおどろしい絵で描かれた看板は少し滑稽《こっけい》にも見える。

でも――姫は知っていた。

お化け屋敷と名の付くアミューズメントというのは、人を驚《おど》かすという唯一至上の目的、ただそのためだけに作られた割と最悪な恐怖空間なのだ。それはどの遊園地でだって変わらない。

小学校三年生の時、父親に連れられて入ったあの時の恐怖と混乱が背筋《せすじ》を寒くする。

――要するに、苦手《にがて》だった。

「ま、待ってください先輩！」知ってるくせに、そう言おうとしたが、

「お」

「うん、知ってる」先を越し、殊子《ことこ》はにやにやと、チェシャ猫のように笑う。

「だから行くんじゃないか」

「何ですかそれ！　最悪だー！」

「まあまあ」

「ち、ちょっと……！」本気で厭《いや》だった。でも抵抗してもまったく意味がなく、姫《ひめ》は売られた子供のようにずるずると引《ひ》き摺《ず》られていく。

「いや、ホント、待って！」最後の抵抗とばかりに、浮《うわ》ついた笑顔《えがお》で自分を引っ張る殊子へ説得を試みる。だけど絶望的だと思う。

付き合い始めてから、いや、それこそ出会った時から――姫がこの人に口で勝てたことなんて、一度もないのだから。

「大丈夫だって、姫」唐突《とうとつ》に、殊子が立ち止まり、優《やさ》しく笑《え》んだ。

「私にしっかりしがみついてれば、恐《こわ》くなんかないから」――ほら。

「……やっぱ、それが目的なんですね」

「ん、姫は厭かな？」

思い浮かべた。手を繋《つな》ぐだけでなく、腕を組んで、恐い時は彼女の後ろに隠《かく》れて、周囲の眼を気にすることなくふたりきりで過ごせる時間。

「……厭じゃ、ないです」この人は、卑怯《ひきょう》だ。

結局、この人のペースになってしまう。いいようにおちょくられ、操《あやつ》られて、思い通りにさせられてしまう。

でも、自分でも口にした通り、厭ではないのが厄介だ。姫は観念《かんねん》し大きな溜息《ためいき》をひとつ吐《つ》くと、覚悟を決めて殊子の手を握り、おっかなびっくり一歩を踏み出した。

気持ちの悪い看板からは、目を逸《そ》らしつつ。

「おのれ貴様らどこへ行くかぁっ！」

轟々《ごうごう》と妙な効果音が鳴《な》り響《ひび》く中、ひと際《きわ》高い、おどろおどろしい声。それに伴い檻《おり》の奥にある井戸からゆっくりと這《は》い出た着物姿の女性が、唐突に立ち上がるとこっちへ走ってきて、格子《こうし》に手を掛け私たちを睨《にら》みながら、がたがたと揺《ゆ》らし始めました。

メリーゴーラウンドを終え、次に入ったアトラクション——お化《ば》け屋敷《やしき》。

私がこれを選《えら》んだ際、マスターが妙に渋《しぶ》っていた理由は、入った瞬間《しゅんかん》明らかになりました。

「先輩《せんぱい》、脈拍が異常に速まっていますが、大丈夫ですか？」

私は、隣《となり》で一瞬だけ身を竦《すく》ませたマスターへ声を掛けます。

「う、うるさい……苦手《にがて》なんだ、こういうの」返事は少々震《ふる》え気味。

「こういうアトラクションでは基本的に視覚と聴覚《ちょうかく》、もしくは触覚に予期しない刺激《しげき》を与え、驚《おどろ》かせるのが常套《じょうとう》手段なのですね。来ると理解していてもいつ来るかは不明……それによって恐怖を喚起《かんき》し、怖がらせるという訳《わけ》ですか。なるほど、参考になります」

格子《こうし》の隙間《すきま》から手を伸ばす女の人を見詰めながら、私はそう分析しました。

「何の参考にだ……」

と、

「貴様ら！　どこへ行くかぁっ！」

尚《なお》も絶叫する女性。

「まだどこにも行っていませんよ」

「どこへも逃がさ……え？」私の返答を受け、彼女は不意にきょとんとします。右目を腫《は》らし肌を爛《ただ》れさせたメイクの顔が、無表情に変わりました。

「……おい、硝子《しょうこ》……」

「しかし鉄格子を挟んでいては実際に生命の危険はありませんね。開きそうにもないですし」

「えっと……あの……」

お化け役の女の人が困惑《こんわく》しています。演技を忘れるとはプロ意識《いしき》が足りていませんね。

と、彼女とマスターの眼が合いました。

「あ……すいません。その……」

反射的に何故《なぜ》か謝《あやま》るマスター。

「いや……いいんだけど」女性の口調《くちょう》が素《す》に戻ります。「あなたも大変ね……」

「いえそんな。何というか、ホントすみません」

おや。ふたりが会話を始めたので先に進めないではないですか。

仕方ないので私は、鉄格子が本当に開かないかどうかを観察《かんさつ》することにしました。ここで唐《とう》突《とつ》に彼女が出て来でもすれば、さすがに私も予期しない事態です。状況を安全に保つ努力をするに越したことはありません。

「しっかし、アレね、随分《ずいぶん》と胆《きも》の据《す》わった彼女さんねぇ」

「あ……彼女って訳じゃないんですけど……」

「あなたもこれじゃあ楽しみがないでしょ？　せっかくカップルで入ったってのに」

「いえ、何というか……慣《な》れてますから」

「そう？　ま、いいわ。私もここのバイト長いけど、ここまで驚かれなかったのって初めてだもの。ちょっと新鮮《しんせん》で面白《おもしろ》かった」

「あ、まぁ……そう言って頂けると……。でもホント、気を悪くしちゃったらすいません。こいつ、昔っからこういう奴《やつ》なもんで……」

「そんなこと言っちゃダメ。こんな可愛《かわい》い彼女なんだから、大事にしなきゃ！　女の子っていうのはね、構ってくれない男のことはすぐにどうでもよくなるんだから！」

そうこうしていると、女性がマスターにお説教を始めたので、私は立ち上がりました。

「お姉《ねえ》さん」

「ん、どうしたの？」

「先輩《せんぱい》はちゃんと、私のことを大事に扱っています。それに、私が先輩のことをどうでもよくなることなどあり得ません」

機械《きかい》である私を所有している、私のマスター。彼は決して、私をぞんざいに扱ったりはしません。それに——私の持ち主たることを許されるのは、マスターだけなのですから。

と、その抗議《こうぎ》に。

お姉さんは一瞬《いっしゅん》きょとんとし、

「あははは っ！　それはそれはごちそうさま。可愛《かわい》いじゃない！」

私へ手を伸ばし、爛《ただ》れたメイクの指で私の頭をぽんぽんと叩《たた》きました。

「……はあ」また『ごちそうさま』です。

彼女が何かを食べた形跡はないのですがどういうことでしょう。いえ、そもそもこの言葉、私が彼女に何か食物を振《ふ》る舞《ま》わなければ聴《き》かされることなどないはずですが……。

思考していると、お姉さんが慌てたように言いました。

「あ、ごめんね、彼氏さんと話し込んじゃって。そろそろまずいから行きなさい、きみたち」

「はい、そうですね」それもそうです。次のお客さんが来てしまわないとも限りません。

故《ゆえ》に、しきりに彼女へ頭を下げるマスターの隣《となり》に立ち、

「でも、心配してくださってどうもありがとうございます、お姉さん」私も一礼しました。

「いーのいーの、じゃ、お幸せにねえ」

彼女は幽霊《ゆうれい》メイクでにこやかに笑うと踵《きびす》を返し、再び井戸の中へと帰っていきます。

「それでは行きましょうか、先輩」

「……お前なぁ……」

「どうかしましたか？」

いや、もういい、と、マスターが頭を抱えて難《むずか》しい顔をしています。遊園地に来てから度々《たびたび》こういう顔をしているのですが、熱《ねつ》でもあるのでしょうか？

「ひょっとして、先輩」いえ……これは。

「恐怖に耐えられなくなったのならそう言ってください。非常口から脱出しましょう」

「違う！」慌てて否定されました。読み違えたようです。

ともあれ先へ進まなければ終わりません。私たちは天井《てんじょう》から垂れ下がってくるビニール紐《ひも》や足許《あしもと》から噴《ふ》き出る煙をかいくぐり、出口へ向かって歩みました。

そして、建物の大きさから推測するに、そろそろアトラクションも終わりと判断できる頃《ころ》。

聴覚《ちょうかく》を麻痺《まひ》させる音楽や効果音よりも遥《はる》かに大きな音量で、前方から——、

「きゃあああああああああああああああああっ！　もうイヤああ!!」

けたたましい絶叫が、響《ひび》いてきました。

「これは……先輩《せんぱい》」

「……なんだ？」

「推測するに、この先、これまでのものを遥《はる》かに凌駕《りょうが》する絶叫トラップが仕掛けられているようです。耐えられますか？」

「……わざわざ言わなくていい」

「手を握ってもいいのですよ？」

「握らなくていいっ！」

言葉とは裏腹《うらはら》に、先輩の心拍数はさっきまでと比較にならないほどに上昇しています。仕方ないので、私は言葉通り、先輩の手を握ってあげました。

「さ、行きますよ」引っ張り、歩みを再開。

「お前は……何だよこれ？　普通逆だろう!?」愚痴《ぐち》る先輩を無視して、私は先へ進みます。

それにしても――。

さっきの絶叫、どこかで聴《き》いたことのある声のような。

足ががくがく震《ふる》え、姫《ひめ》はしばらくその場に座り込んだまま動けなかった。

「いやぁ……ごめん。まさかこんな怖がるとは」ちょっと焦《あせ》り気味の殊子《ことこ》なんて本当に久しぶりに見るが、それを嬉《うれ》しいと思う余裕もない。

途中まではどうにか耐えられた。殊子は隣《となり》でしっかりと手を握ってくれていて、悲鳴を上げそうになった時は抱き寄せてくれて、それに対して幸せを感じられもした。

だけど、最後に控えていたあれはいけない。

「もうちょっと、待っててくださ……い」深呼吸を繰《く》り返す。

「うん、まぁ、確《たし》かにあれは怖かった」言いつつ、殊子は涼しい顔をしている。

冗談《じょうだん》じゃない。あれが平気なんて、この人は何なんだろう。

思い出しただけで気絶しそうになる。

意外性も抜群だった。まさか、ニンジンをあんなふうに使ってくるなんて——。

「取《と》り敢《あ》えずさ、次はもうちょっとゆっくりした奴《やつ》にしようか」ようやく立ち上がれた姫の肩を抱くようにして、殊子《ことこ》が笑った。少し申《もう》し訳《わけ》なさそうな口調《くちょう》だった。

そうですね。姫《ひめ》はそう言いかけて、しかしはたと気付く。

——また、この人のペースになってる。

いつだって殊子は、自分から何かを言い出すことはない。まぁ意地悪をする時は別だけど、そうでない時は必ず、姫の都合を優先《ゆうせん》させてくれる。

姫のいい時でいいよ。姫の暇《ひま》な時はいつ？　姫の食べたいものは何？　——と。

だけど、尋《き》いてくれはするし、その通りにしてはくれるけれど、結局手綱《たづな》を握るのはいつも殊子だ。姫の好きなようにしなよ、と言うくせに、いつだって姫がリードしたことはない。さりげなく、いつの間にか、主導権《しゅどうけん》を握られている。

付き合い始めてから二カ月、常にこんな調子。今日《きょう》の遊園地は殊子の意地悪《リード》で幕を開けたから尚更《なおさら》だ。これではいけないと思う。

そうだ。少しはこの人を強引に引っ張り回すくらいじゃないと、なんだか負けた気がする。

まだ微《かす》かに震《ふる》える足に力を込め、姫は、よしっ、と拳《こぶし》を握った。

「……どうした？」

「殊子先輩《せんぱい》！」

「な、なに？」気合いであげた声に、殊子が身構えた。この調子だ。

「次は……あれです！」手を握り、引っ張りながら、遠くに見える構造物を指差す。

「いや、でもさ、あんたまだ……」

「いいえもう大丈夫ですっ」ガッツポーズまで作って無理矢理《むりやり》に笑《え》んだ。

「行きましょう！　イヤだって言っても行きますよ？　私はあれに乗りたいんです。

「……一緒《いっしょ》に乗ってもらえますよね？」

「いや……姫がいいんならいいけど」戸惑《とまど》ったように殊子が肩を竦《すく》めた。まさかこの人はああいうのも平気なのだろうか。いや、試してみなければわからない。

いつもいつも不公平だ。確《たし》かに先輩後輩の間柄ではあるけれど、自分が頼ってばかり。この人は自分に頼ってくれたことはない。だから、せめて悲鳴をあげて手を握ってくるくらいのことはさせてもいいと思う。

「ちょっと並ぶかもしれませんけど、いいですか？」

いいよ、と返事をするその顔も見ず、姫は殊子の手を引いて歩き出した。

目指すは『スーサイダル・テンデンシーズ』。

自殺癖《じさっへき》、という、気まずいほどアレげなネーミングを付けられたそれは、恐らくこの遊園地における最悪にして最凶《さいきょう》のアトラクション。

地上百十メートルの高さからのフリーフォールである。

仕返しだ。こっちを怖がらせるだけ怖がらせておいてひとりだけノーダメージの殊子に、とびきりの悲鳴をあげさせてやる。

「待ってなさい……！」

呟《つぶや》き、肩を怒《いか》らせて歩く姫《ひめ》のあまりの気合いに、直線上《ちょくせんじょう》にいた着ぐるみが身を竦《すく》ませる。

マスコットキャラらしからぬ狼狽《ろうばい》で、持っていた風船を三個ほど空へ落とす。

「……やれやれ」殊子《ことこ》が肩を竦ませ溜息《ためいき》を吐《つ》いたが、それは無視しておいた。


十五分ほど待って、ようやく姫たちの席ができた。そしてその頃《ころ》にはもう姫はお化《ば》け屋敷《やしき》の衝撃《しょうげき》も薄《うす》れ、落ち着きを取り戻していた。

ただし、そうなると、さすがにちょっと恐《こわ》い。

円柱をぐるりと囲むように外向きに設置された安全バー付きの椅子《いす》は、暖かみのある色に見えるが地獄への電気椅子だ。柱は空へ、バベルのように伸びていて、あんな高くにまで上昇するのだということを無言の遠近法で説明してくれている。

人を絶叫させるためというのであれば、さっきのお化け屋敷なんかよりよっぽど科学的で手が込んでいる。

が、決して勝算がない訳《わけ》ではない。

実は絶叫マシーンに姫は強い。というよりも好きな部類に入る。だから、これにも耐えきれるのではないかと思う。問題は、姫がフリーフォールを体験《たいけん》したことがなく、しかもこの高さは県内どころか地方でも一、二を争うほどのものであるという点だが——大丈夫だと自分に言い聞かせた。こんなもの、ジェットコースターとさして変わりはないだろう。

だから、ちょっとだけ湧《わ》き起こる不安を無視して、隣《となり》の殊子を見遣《みや》る。

眼鏡《めがね》を外しポケットの中へ入れ、今は裸眼だった。普段《ふだん》はレンズ越しにしか見えない猫のような瞳《ひとみ》が直《じか》に見える。普段と違う顔だったので、ちょっと心臓《しんぞう》が高鳴った。

——いやいや、うっとりしてちゃダメだって。

「恐くないですか？」余裕を装《よそお》って、言った。

「恐かったら手、握っててもいいですよ？」

「そうだねー」対する返事はのほほんとしている。「わくわくするかな？」

何それ。少しは可愛《かわい》げのあるところを見せてくれてもいいのに。

思っていると、がたん、と大きな振動。浮上が始まった。

「お、動き出した」

隣の軽薄《けいはく》な声に恨めしげな視線を送る。送っている間にもどんどん地面は離《はな》れていく。

そこで予想外のことに気付いた。

椅子は柱に背を預ける形で設置され、それがそのまま上へ昇っていくようになっている。

つまり、足を着けるべき、踏ん張るべき地面がどこにもなく——そして、それがとてつもなく不安感を助長するのだ。ジェットコースターとは明らかな別物。

ヤバいかも、そう思った。そして、よりによって思うと同時、

「足、ぶらぶらだ」非常に楽しそうな声が、隣《となり》から聞こえた。

応《こた》える余裕はない。

見晴らしが不必要によくなっていく。観覧車《かんらんしゃ》さえ小さい。遠くの山、その稜線《りょうせん》がはっきり見える。そして、地面はもはや遥《はる》かに遠い。

浮上が、ゆっくりと止まりつつある。

「姫《ひめ》」殊子《ことこ》が、優《やさ》しそうな声で言った。

「恐《こわ》かったら、手、握っててていいからね」

視界の隅《すみ》に、差し出される指先。

落下が始まる直前、ばくばくと聞こえる自分の心臓《しんぞう》の音とともに、姫は負けを認める。

——勝てないや。

そもそも、こんな地上百十メートルの上空に足の着かない状態であってさえ顔色ひとつ変えないような人と張り合おうとするのが間違っていたのだろうか。

でも、もういい、と思う。

自分を頼ってくれなくても、こうやって自分を見てくれている。

時々意地悪もするけれど、限りなく優しい。

女の子同士の恋愛なんて変だと思うけれど、たぶん自分は、相手が他《ほか》でもない、速見《はやみ》殊子という人間だから、それをあっさりと受け入れてしまったのだろう。

バーから片手を離《はな》し、差し出された手を思い切り握った。直後。

「………ぁぁぁぁいやぁあああああああああぁぁぁぁぁ！」

自分の絶叫が、主観的には上空へ、吹っ飛んでいった。

お化《ば》け屋敷《やしき》のラストに仕掛けられたニンジンによって精神的外傷を負ったマスターを引き連れながら、私たちは次のアトラクションへ行き、それに乗りました。

しかし——私はここに来て、選択肢《せんたくし》を間違うというミスを犯したようです。

「大丈夫か……？」マスターが、私の肩を抱き、震《ふる》える足を支えてくれています。

「これは……予測範囲《はんい》外でしゅ……」

「呂律《ろれつ》回ってないぞお前」

どうやらそのようです。

スーサイダル・テンデンシーズ。

地上百十メートルの高さまで上昇し、そのまま垂直に落下するというその絶叫マシンに乗ろうと言い出したのは他《ほか》ならない私でした。擬似的《ぎじてき》な無重力とそれに伴う身体《からだ》のストレスを人間たちが楽しそうに体験《たいけん》していたのを見て、疑問を覚えたからです。

明らかに健康《けんこう》にはよくないその乗り物に、何故《なぜ》人間は快感を覚えるのか。それは感情から来るものなのか、生理的なものなのか、それを直《じか》に確《たし》かめてみようと判断してのことでした。

「先輩《せんぱい》」

「なんだ？」

「とてもふわふわしています」

「だからやめとけって言ったんだ……」

しかし、結果——マスターの言う通り、実験は失敗です。内臓《ないぞう》が重力に逆《さか》らって浮遊するような感覚は、降りた今でも私の有機《ゆうき》活動体を追い詰めていました。

この世界において活動の主体となる『城島硝子《きじましようこ》』としての身体《からだ》は、普通の人間と何ら変わりはありません。もちろん、私の本体——内部裏面《りめん》空間に収納された機械部分は何の痛痒《つうよう》も得ていませんが、予想外の有機体の不調《ふちよう》に機械部分の命令が追い付いていない状態なのです。

「だいたい、こういうのはな、向き不向きってのがあるんだよ」

「私の身体は不向きだったようですね……」

「そうだな……って、どこ行ってんだお前！　そっちはゴミ箱だっ」

一緒《いつしよ》に乗ったマスターはけろりとしています。

それもそのはず。私が彼を『主人』として私の持ち主に選《えら》んだ時、彼は通常の人間の平均値を大きく上回る身体能力を得ています。そんな彼が百二十メートルの自由落下程度を苦にするはずもない訳《わけ》で――要するに、私がひとりで貧乏籤《びんぼうくじ》を引いた形になるのでしょうか。

卑怯《ひきょう》な。

「あの乗り物は……まったく理解不能です」

ようやくふわふわが収まってきたので、私は結論《けつろん》を出しました。

「マスター、あれをどうやれば『楽しむ』ことができるのですか？　そもそも私には『楽しい』という感情もないのですから……」

――おや？

「待ってください」

「何だ？」

「だとすると、そもそも楽しいかどうかに個人差があるアトラクションで、私はこの身体がそれを受け入れられるかどうか不明であるにも拘《かかわ》らず、楽しいという感情がどんなものであるかを模索《もさく》しようとしていた訳で……この行動自体、論理的とは言えないではないですか」

「お前何言ってんだ？」マスターが訝《いぶか》しげな顔をしています。が、

「……私を騙《だま》しましたね、マスター」誤魔化《ごまか》そうとしてもそうはいきません。

「は？」

「この身体《からだ》があの乗り物に適しているかどうかもわからないのに、私をあのようなものに乗せるなどと……マスターは私をからかって遊んだという訳《わけ》ですか!?」

「最初に乗ろうっていったのはお前だ！」

「あ、そういえばそうでしたか」多少、有機体《ゆうきたい》部分の記憶《きおく》に混乱があるようです。

「まったく……」マスターは盛大な溜息《ためいき》を吐《つ》くと、私の肩を支えたまま歩き出しました。

「休憩《きゅうけい》にしよう。昼時だし」前方には、カフェテラスがあります。

「マスター」

「だから家の外では『先輩《せんぱい》』と呼べ。……なんだ？」

「はい、まだふわふわしているのでおんぶを要求します」

「甘えるなっ」拒否されました。「だいたいそんな恥《は》ずかしい真似《まね》ができるか……」

仕方ないので可能な限りマスターに寄り掛かってやりました。

カフェテラスまではあと二十メートル。どうにかなるでしょう。

「先輩」

「……今度は何だ？」

「あのカフェテラス、プリンはありますか？」

「知るか……てか、気分悪いのにプリンなんか食べて大丈夫なのか？」

「甘いものは別腹です」

「用法が違う」用法が違うようです。

ともあれ、時間とともに混乱も治まるでしょう。

私たちは、カフェへと辿《たど》り着きました。

「いらっしゃいませー」愛想《あいそう》のいい店員が、カウンターに立つ私たちを出迎えます。

「ご注文お決まりでしたら……って、あ」

と——私たちに向けた彼女の笑顔《えがお》が、不意に人なつこいものへと変わりました。

「きみたち、さっきの面白《おもしろ》カップルじゃない！」

「……は？」素《す》っ頓狂《とんきょう》な声で疑問の声をあげるマスター。

私も同様に、彼女の言葉の意味を把握《はあく》し兼ねました。

「ていうか、やっぱカップルだったんじゃん。仲良さそうに肩なんか抱いちゃってさ」

言葉の意味はわからないけれど取《と》り敢《あ》えずマスターが私の肩から手を離《はな》しました。私は無事。

倒れずに済んだようです。

「あの……どこかで？」

「あ、そうか。メイク落としちゃってるしわかんないよねぇ。私よ私。お化《ば》け屋敷《やしき》で、ほら」

「……ああ」

よく見れば、面影《おもかげ》があります。私たちと話をした、お化け役のお姉《ねえ》さんでした。

「奇遇《きぐう》ねえ、また会っちゃった」

「アルバイトを何個も掛け持ちしているのですか？」

「ま、そんなとこ。さっきこっちに移ったばっかだよ」彼女はけらけらと笑います。

どう？　あれから楽しい時間は過ごせた？　などと、彼女はマスターへ尋《たず》ねました。マスターは居心地《いごこち》が悪そうに生返事《なまへんじ》をしながら、質問を躱《かわ》しています。恋人同士だと誤解されているので、どうにも会話のずれがあるようです。

「野津《のつ》さん！　後ろ並んでるっ！」

「あ、はい！　……ごめんねえ、じゃ、注文どうぞ」

とは言え、どうにも不真面目《ふまじめ》なお姉《ねえ》さん――野津さんという名前のようです――が、他《ほか》のバイトに注意されたので会話は途中で終了し、マスターは密《ひそ》かに安堵《あんど》の溜息《ためいき》を吐《つ》きました。

で、マスターの頼んだのはサンドイッチとコーヒー。私はプリンサンデーとアイスティーです。お姉さんがアイスティーの分をサービスしてくれました。こういうのを一期一会《いちごいちえ》というのでしょうか。感謝《かんしゃ》です。

「また会えるといいねー」

手を振るお姉さんに一礼し、お金を払い、トレイに載《の》った軽食を受け取ります。ざっと見渡して空《あ》いている手近な席へと私たちは座りました。

「お前、プリンだけでいいのか？」

「大きな空腹はありませんから。マスターこそ、軽食でいいのですか？」

「僕はいつも昼はこんなもんだろ」確《たし》かにそうです。

「私なら大丈夫です。プリンだけと言いますが……私の後ろには別のお客さんが並んでいましたし、早く席を取らないと空席がなくなる可能性がありましたので」

「……どういうことだ？」

「マスター。このカフェには四種類のプリンがありました」

それを全部注文している時間はなかったのです。

「お前、それ全部食べる気か⁉」

「今月の家計は予定よりも消費が少なく、食費だけでも三千円の余裕があります。私の節制《せっせい》が実を結んだのですから、当然の権利です」

「……好きにしろ」マスターが溜息。今日《きょう》何度めでしょう。数えてはいませんが。

「では、頂きます」ともあれ、主人の快諾《かいだく》は得ました。

私はスプーンを手に取ると、目の前に鎮座《ちんざ》したカスタードプディングに最初の一刀を突き入れるべく、その最も相応《ふさわ》しいポイントを探します。斜め上四十二度の角度で、上に乗ったカラメルとプリン部分とのバランスが何よりも重要なのです。

マスターを見ると、もうサンドイッチに噛《か》み付いていました。私はまだプリンへの突入角度を決めているというのに。早いですね。

「……あ」と。

マスターに異変があったのは、その時でした。

頬張《ほおば》りかけた口が止まり、鳩《はと》が豆鉄砲を喰《く》らったような顔になりました。……実際に鳩へ豆鉄砲を喰らわせたことはないので比喩《ひゆ》ですが、とにかく、とてつもなく驚《おどろ》いた表情と、とてつもなく胡乱《うろん》な表情との中間のような顔をしたのです。

「……え？」その視線《しせん》の先は、私の後頭部、頭上五十センチほどのところに固定されていて、

「やあ、奇遇《きぐう》」降ってきた女性の声と同時、頭の上に柔らかい感触がありました。

ごくん、と、マスターが齧《かじ》ったサンドイッチを噛《か》みもせずに飲み込み、不機嫌《ふきげん》さを前面に押し出したような苦《にが》い顔へ。

私の頭に乗せられているのは掌《てのひら》です。

そして――、

「……何でこんなところにいるんだ」

「さあねえ。ま、こっちの科白《せりふ》でもあるんだけど」

飄々《ひょうひょう》とした喋《しゃべ》り方に、私は頭の上の手を持ち上げ、背後を確認《かくにん》します。

そこには、

「……何故《なぜ》こんなところにいるのですか？」

「いや、夫婦で同じこと尋《き》かれてもにゃー」

癖《くせ》のある猫っ毛に、眼鏡《めがね》の奥の不敵な瞳《ひとみ》。

私立挟間《はさま》学園三年一組所属にして、私とマスターの知り合い——速見殊子《はやみことこ》さんが、にやにやと笑いながら、私たちを見詰めていました。

人と人の隙間《すきま》から顔を覗《のぞ》かせつつ隠《かく》れつつと、傍目《はため》からは挙動不《きょどうふ》審極《しんきわ》まりない態度で、姫《ひめ》は恋人の後ろ姿を遠目に見ていた。

　とんでもなく計算外の出来事だった。

　カフェテラスに入った姫と殊子が、城島硝子《きじましょうこ》を発見したのはつい数分前のことだ。

　遊園地に行くなんて一言も聴《き》いていなかったからとてつもなく驚《おどろ》いた。それを言うなら姫も確《たし》かに硝子たちクラスメイトには言っていなかったのだけれど、それにしても週末のこの人ごみの中、広い遊園地内で遭遇《そうぐう》するなんて偶然が何より恐ろしい。

　殊子とデートに行く以上、誰《だれ》か知り合いに見られることは覚悟していたが、そうなったらなったで姉妹と言って誤魔化《ごまか》せばいい話だと考えていた。だから大丈夫だと思っていた。

　唯一の例外が、硝子なのだ。

　城島硝子の彼氏——本人は恋人関係を否定しているが——であり、彼女の従兄《いとこ》であり同居人でもある二年三組の城島晶先輩《あきらせんぱい》。彼と殊子はどういう訳《わけ》か知り合いで、それが故《ゆえ》に殊子も硝子と既知の間柄だった。もちろん姫《ひめ》は自分と殊子《ことこ》が恋人関係にあることなど硝子《しょうこ》には言っていないが、厄介なことに、城島晶《きじまあきら》先輩《せんぱい》と硝子は、殊子が『そういう趣味《しゅみ》の持ち主』であることは知っている。よって、手を繫《つな》いで一緒《いっしょ》に歩いているところを見られればアウトなのだ。

彼氏さんに肩を抱かれて、硝子はカフェテラスへ入ってきた。

発見したのは殊子で、珍しいこともあるもんだ、と楽しそうにそれを遠くから見ていた。もちろん姫も硝子があんなふうに甘えている姿にとてつもなく驚《おどろ》いたけれど、それどころではない。バレてしまっては大変だとおののくのが先だ。

幸い、ふたりともこちらには気付いていないようで、そのままカウンターで注文を受け取って、近くの席へ座った。だから、さっさと逃げなきゃ、と、姫は思っていた。もう姫たちの食事は終わっていて、適当にくっちゃべっていただけなのだから、いつでも店を出ることは可能だった。実際、殊子を急《せ》かして逃走を試みまでした。バレることなく上手《うま》くいくはずだった。

……「ちょっと挨拶《あいさつ》に行ってくるよ」などと、殊子が言いさえしなければ。

そういう訳《わけ》で、殊子はただ今、硝子たちのところで歓談中《かんだんちゅう》。姫はハラハラしながらそれを見守る羽目になってしまったのだ。

しかも、おっかなびっくり身を隠《かく》しながら。

硝子がこちらに背を向けているのが不幸中の幸いだが、安心してはいられない。

城島晶先輩も自分の顔を知っていないとも限らないのだ。だからこうして、挙動不審《きょどうふしん》な真似《まね》

をする羽目になってしまう。

こっちから見える殊子《ことこ》の背中は、硝子《しょうこ》の座った椅子《いす》に手を乗せ体重を掛けていた。真向かいの城島先輩《きじませんぱい》がとてつもなく渋《しぶ》い顔をしている。どうせまた、殊子が軽薄《けいはく》な言動で何か言っているのだろう。何だかその会話の内容まで想像できてしまいそうだ。

だけど、その直後。

姫《ひめ》の心境に変化が訪れる。

殊子が肩で笑いながら、硝子の頭をくしゃくしゃと撫《な》でたのだ。

それを見て、半端《はんぱ》な姿勢のまま固まる。

反射的に。

胸が――少しだけ痛んだ。

つまらない、ただの嫉妬《しっと》であるということは自分でもわかる。硝子にはそもそもそんな趣味《しゅみ》はないから、そういう意味では安心だ。

けれど、殊子は……果たしてどういう気持ちで、硝子の頭を撫でたのだろう?

あれは、入学して一カ月後。姫が殊子と付き合い始めて二週間ほど経《た》った頃《ころ》。

殊子の所属する挟間《はさま》学園生徒会執行部《しっこうぶ》が、学園紹介のビデオを作成したことがある。その時に、アナウンス兼《けん》モデルとして雇われたのが硝子だった。

指名したのは殊子だ。

少し釈然《しゃくぜん》としなくて、学校中の注目を浴びる中カメラの前で淡々《たんたん》と屋上の紹介をする硝子を見守っていた殊子に、姫は仔細《しさい》を問うた。

硝子を選《えら》んだのは、自分の趣味じゃないんですか？　と。

覚えている。

殊子はその時、少しだけ狼狽《うろた》えたのだ。

だからつい恐《こわ》くなり、自分からその話題を切り上げた。まぁいいですけど、と剝《む》れて見せることで、追及をやめてしまった。

確《たし》かに硝子は同性の自分から見てもとても綺麗《きれい》で、小さくて可愛《かわい》くて。どこをとっても、自分には勝てる要素なんてないと思う。だけどやっぱり、付き合っているんだから、殊子にはちゃんと自分のことを見て欲しい。殊子の一番でいたいのに——。

されるがままに、硝子は殊子の掌《てのひら》に、頭を任せている。

もしも。

もしも今、殊子が硝子にアプローチしていたらどうなるんだろう、と姫は思った。そして、そのアプローチを硝子がＯＫしてしまったら。

あり得ないことだとはわかっていたけれど、姫の気分はそれを考えただけで沈んだ。

男の人と女の人どちらと付き合うのが愉《たの》しくて楽かといえば、これは女の人とであるのは間違いない。男の人もセックスも少し怖い。だから殊子と付き合っているととても安心する。……

いいところだけを味わえる恋愛なのだと思っていた。

けれど、楽しいだけの恋愛なんて、やっぱりどこにもないのだ。

女の子同士の恋愛にだって嫉妬《しっと》は存在する。いや――女の子同士だからこそ、こういう気持ちはとても醜《みにく》くて、そして惨《みじ》めなんだと思う。たかだか別の女の子の頭を撫《な》でて楽しそうにしただけで、こんなにも胸が痛むのだから。

今の関係は確《たし》かにおかしくて、同性同士の付き合いなんて異常なのもわかっている。ずっと続けていられないのだって承知している。

どこで見切りをつけようか、と、ちょっとだけ思った。

思った瞬間《しゅんかん》、そんなことを考えるなんて最低だ、と悲しくなった。

こんな最低なことを考える自分が、あの人と付き合うのは凄《すご》く失礼なのかもしれない。

あの人は私と違って、本当に女の人しか愛することができないのに。

それなのに自分は、こんないい加減な気持ちで――。

殊子《ことこ》は相変わらず硝子《しょうこ》と仲良さそうにしていて、それが悔しい。そして悔しいと思うほどに自分への嫌悪《けんお》が募る。

もう飲み干してしまったアイスコーヒーのカップの底に、溶けた氷が溜《たま》っていた。

ストローを噛《か》んで、少し飲んだ。

中途半端な味がした。

その後、昼食が終わって、四時間。

夕刻に差し掛かり、周囲の家族連れやカップルたちの数も少なくなってきた午後五時。

あれからいくつかのアトラクションを回ったけれど、姫《ひめ》の気分はどうにも晴れなかった。

もちろん、自分の落ち込んだ様子《ようす》を見せて殊子に気を使わせたくはないから、普段《ふだん》以上に明るく振《ふ》る舞《ま》うように気を付けたし、事実そうできていたと思う。コーヒーカップでぐるぐる回ったし、手を繋《つな》いだまま海賊船《かいぞくせん》に揺《ゆ》られて思い切り叫んだ。ウォータースライダーではわざわざ合羽《カッパ》を着込んで先頭に乗ったし、ジェットコースターも三種類はしごした。待ち時間で並んでいる間にも、たくさん会話をした。

もうそろそろ帰ろうか、と殊子が言い出すまで、これでもかというくらいはしゃぎ回った。

最終的には自分自身で気分を誤魔化《ごまか》せるくらいには回復したと思う。

そして。

「じゃあ、最後にひとつ乗ろうか」

殊子がそう言ったのは、手を握り合って、出口へ向かう途中だった。

——最後。

頭の隅《すみ》をよぎった厭《いや》な思考を無理矢理《むりやり》に押《お》し潰《つぶ》し、何にするんですか、と問う。

「そうだなあ」姫の好きなものに乗ろう、と言われると思った。午前中も、そして午後も、いつもそう言ってくれた。そうでないのは意地悪をする時だけで、それは午前中に二回。午後はまだない。もう終わりだから意地悪をされるような空気でもないし、だから、きっと殊子《ことこ》は自分に判断を委《ゆだ》ねるだろうと思った。

だけど。

殊子は笑って、

「あれにしよう」右斜め上を、指差した。

「……あ」

姫《ひめ》は、思わず声をあげる。

——忘れていた。

遊園地に来たら、絶対に乗ろうと思っていたメインイベントのひとつ。

観覧車《かんらんしゃ》、だった。

「最後はああいうのがいいと思うし」

「あ……はい……」

だけど正直なところ、嬉《うれ》しさよりも、気まずさの方が先に来てしまう。

午後から感じていた微妙な気分のまま、十分少々の間ふたりきりの密室で過ごす。そんなイベントに、今の自分が耐えられるのだろうか。

やけに鋭《するど》いこの人に悟られず、ちゃんとできるのだろうか？

「よし、行こうか」迷っていると、強引に手を引っ張られる。

その引っ張り方は午前中の意地悪とはまったく違っていた。まるで——殊子自身が、待ちきれずにいるような。まるで子供が、母親の手を握って走っていくのにも似た、そんな。

やめましょう、と言う訳《わけ》にもいかず、二分の後に姫は乗り場へと連れて行かれる。こんな時に限って待ち時間はなし。頭の中でぐるぐると回る思考もまとまらない内に、なし崩しにゴンドラの中へと背中を押された。

「夕日にはまだ早いかな」呟《つぶや》く殊子の声とともに、扉は閉められる。

もう、密室だった。

仕方なく席へ座る。殊子は反対側へ。向かい合ったままの状態が気まずくて、姫は咄嗟《とっさ》に窓の外を見遣《みや》った。

「段々《だんだん》高くなってくね」殊子もそれに倣《なら》う。

言葉通り——ゆっくりと、だけど確実《かくじつ》に、ゴンドラは地面から離《はな》れていく。午前中に悲鳴を上げたお化《ば》け屋敷《やしき》は遠くでちっぽけな箱になっていた。結局復讐《ふくしゅう》できなかったフリーフォールは観覧車よりも大きくて、窓から天辺《てっぺん》は見えない。昼ご飯を食べたカフェテラスは反対側にあって、見なくて済むことにほっとした。

殊子は、何も言わない。

だから姫も口を開かなかった。

ただ、できるだけ、沈黙《ちんもく》が気まずくならないように、ゆっくりと呼吸を。息が詰まらないように。緊張《きんちょう》を悟られないように。

そして、やがて、カップラーメンができるくらいの時間が経《た》って、背後の窓から下のゴンドラが見下ろせるくらいになった頃《ころ》——、

「ねえ姫《ひめ》」

殊子《ことこ》が、不意に、そう呼び掛けてきた。

咄嗟《とっさ》のことで、返事ができなかった。反射的に向かいに座った相手に視線《しせん》を移そうとする。だけどその前に、殊子の声が姫のその動きを遮《さえぎ》った。

「あのさ。こういうこと言うのって、ちょっと格好悪いし、そもそもがらじゃないんだけど」

恐る恐る横目で窺《うかが》った彼女は、自分の方を見ていなかった。窓の外、景色《けしき》を眺めている。

狭い空間の中、殊子の呟《つぶや》きが聞こえた。

「……ひょっとしたら、いつかあんたは、私のことを嫌いになるかもしれない。嫌いにならなくても、好きじゃなくなるかもしれない」

姫は思わず、息を呑《の》んだ。

それは、どこか儚《はかな》げで。

同時に、とても真摯《しんし》で。

そして、それでも、恐《こわ》いくらいに、

毅然《きぜん》とした、声——。
耳を澄《す》ませた。
澄まさずにはいられない。
殊子は、続けて。
「でも、その時まで……」
言った。
「今日《きょう》みたいに、あんたを引っ張り回していじめていていいかな？
……それ、許してくれるかな？」
ぐおんぐおんと回る機械《きかい》の音に紛《まぎ》れるように。
だけど決して消え入ったりはしない、力強い声。
我《わ》が儘《まま》極まりなく、この上なく身勝手で、どうしようもなく最悪な言葉。
姫は、大きく息を吐く。
——そっか。
吐いて。
笑って、答えた。
「許す訳《わけ》、ないじゃないですか」
揺《ゆ》れるゴンドラの中、立ち上がる。

殊子《ことこ》がこっちを見た。

少し驚《おどろ》いたような、少し笑ったような、そんな顔で、こっちを。

「……え？」

だから無理矢理《むりやり》に、殊子の隣《となり》に、彼女を押しのけるようにして座る。

「許す訳《わけ》ないじゃないですか、そんな身勝手なこと」

ちょっとだけ、泣きそうになった。

まるでバカみたいだ。

振り回されて、嫉妬《しっと》して、勝手に落ち込んで、ひとりで気まずくなって、それを悟られないように必死に気を使って——。

それなのに、こんな簡単《かんたん》に、察せられてる。

それでいて、こんな単純に、乗せられてる。

「だから、私も……」

姫《ひめ》は、強引に、殊子の左腕を両手に抱く。

笑って、言おう。

「せいぜい先輩《せんぱい》を引っ張り回して、いじめてやります。先輩に負けないくらい」

そんなことできないだろうとは思うけれど。

この人には絶対敵《かな》わない。たぶん自分はこれからもずっと、この人の一挙手一投足を酷《ひど》く気にして、この人の発言や態度に振り回され続けるのだろう。

そしてそれに呆《あき》れながら、結局はあっという間に、許してしまうのだろう。

——そんな彼女に、甘えながら。

だから……、

「おあいこです」

「ふうん」意地悪く、殊子は笑《え》む。

「じゃ、楽しみにしてるよ」

ゴンドラはもう、円周の天辺《てっぺん》に差し掛かっていた。

そこから見える景色《けしき》は、別に夕焼けでもなくて、暮れてもいないし眩《まぶ》しくもない。中途半端な時間帯だ。とんでもなく見晴らしがいいという訳でもない。高度相応の空と、遠近感。

でも、それでも。

それは特別だと、姫は思った。

だってこれは、特別な恋愛なんだから。

この人と乗った観覧車《かんらんしゃ》は、特別な観覧車なのだから。

特別な時間の、特別な空間の中で、姫はゆっくりと目を閉じる。

察しのいい特別な人は。

すぐに、特別なキスをくれるだろう。

六月は陽《ひ》が高く、夕方六時を回ってもまだ夕闇《ゆうやみ》の気配《けはい》はありません。しかし夕暮れを待っていると、すぐに夜が来ます。そもそも明日《あす》は月曜日《げつようび》、週の始まりなのですから、今夜は休養を多めに取るに越したことはありません。

そういう訳《わけ》で、私たちは遊園地を早めに辞し、帰路へついていました。

バスに乗り停留所を七つ過ぎ、自宅から五百メートルの距離《きょり》にある最寄《もよ》りのバス停で降ります。あとは徒歩五分。帰ったら夕食を作らなければなりませんね。

それにしても――。

私はマスターの隣《となり》で歩を進めながら、今日《きょう》のことを考えていました。

他《ほか》でもない……昼間、私たちの前に現れた、速見《はやみ》殊子《ことこ》さんのことです。

デートの途中なんだ、と彼女は言いました。

紹介しようか？　などと言って笑い、マスターはこれ以上ないほどの苦《にが》い顔で、そんな必要はない、と応《こた》えていました。殊子さんの恋人の顔と名前を知るのはマスターにとって決して不利にはならないはずなのですが、それよりも煩《わずら》わしさが先に立ったのでしょう。

速見殊子さんの、一般的でない特殊な趣味《しゅみ》。

男性でも女性でも『可愛《かわい》いものが好き』と公言し、恋愛の相手に関しては常に女性を選《えら》ぶ、彼女の性癖《せいへき》。マスターはそれを理解する気はなく、また積極的《せっきょくてき》に関《かか》わる気もないようです。

けれど、私は、同性での交際という異常とはまた別の異常を、その時に思考しました。

そもそもこの世界の住人ではない、私と殊子さん。

異能を持ち、決して日常とは相容《あいい》れない存在、『虚軸《キャスト》』。

ふたりとも、そういう意味で、この世界から一歩踏み出した、異物——なのです。

彼女がこの世界で恋人を作り、日常へ積極的に干渉《かんしょう》しているのは、果たしてどんな意味合いを持つのか。私にはそのことが、ずっと疑問でした。

もちろん私も、学校に通い、学園生活を送りながら、友人関係を構築《こうちく》し、日常を送っていますが——私がそうしている理由と彼女がそうしている理由が異なっているのは確《たし》かです。

私は、隣で歩く主《あるじ》に問いました。

マスターは、少し考えた後、少し忌々《いまいま》しそうに、だけどどこか達観《たっかん》したような声で、

「……安心するんだろうさ」と、答えました。

「安心、ですか？」

「日常から乖離《かいり》してるから、一部分だけでも繋《つな》がってたいのかもな。あいつのことだから、単に日常そのものをからかって、引《ひ》っ掻《か》き回してみることが楽しいだけかもしれないけど」

後者が本当のところかも、と、ひとりごとのように付け加えたのは、マスターが殊子《ことこ》さんのことを苦手《にがて》にしているからでしょう。

「『楽しい』……ですか」

私には理解不能な感情です。

いえ——機械《きかい》の私にはそもそも感情はありません。感情そのものが理解不能なのです。

楽しい、そうでなかったら、

「……『繋がっていたい』」

繋がる。

日常と繋がること。

この世界と繋がること。

私にとっての『繋がり』。

「マスター」

「何だ？」

「今日《きょう》の晩ご飯は手抜き料理にします」

私は、試しにそう言ってみました。無論《むろん》、料理に手を抜く理由は皆無《かいむ》です。故《ゆえ》に、マスターが私のその宣言に対して許可を出す理由もありません。

しかし、マスターは、

「そうか」

それだけ口にすると、前を向いたまま、意に介したふうもありません。

「……それでいいのですか？」

「疲れてるんなら手軽に済ませて早く休め」

どうやら私の虚偽《きょぎ》に対して、マスターは疑いを持っていないようでした。

「いえ、実は特に疲労が蓄積《ちくせき》している訳《わけ》ではないのですが」

「何だそれは……」

告白に、呆《あき》れたような声。だけど。

「ま、お前の好きにしろ。作ってもらう身なんだから文句は言わないさ」

マスターは怒りもせず、歩きながら私の頭部をぽんぽんと軽く叩《たた》きました。

——ええ、理解しています。

嘘《うそ》の世界から来た私が、本物であるこの世界と繋がるためのものが、何であるか。

最初から、理解しています。

だからこれは、単なる確認《かくにん》。

「マスター。私の頭はへぇボタンではありません。そのように気軽に叩《たた》かないでください」

「……悪かったな」

言いながら、今度は頭部を撫《な》でられました。

帰るべき家はもう、すぐ近くです。

家に帰ったら、まずは入浴。

それから食事。

日が暮れてあとは寝るだけになったら、マスターに提案するとしましょう。

また今度、夏休みにでも再び遊園地に連れて行ってください、と。

第2話
ドキドキ☆お弁当WARS

れじみる。

カジュアルダイニング
Fuji y's
蜜ってば はやくー！
もうみんな 来てるよ
ブツ ブツ
なんで私が 来なきゃ なんないのよ
ていうか
あの女が 来るなんて 聞いてない ってーの
今日もかわいいねぇ 硝子
ゾワッ
ひどいなあ みっちゃん
義理とはいえ おねーちゃんに 向かって あの女だなんて
…この変質者ぶち殺す!!
やーん みっちゃんたら ヤ・バ・ン
おヨメに行けないわよ♥
わかりました マスター
これが 火サスでおなじみ 骨肉の争いと いうものですね
…ちょっと 違うと思うぞ
ポン
オロ オロ
よもや これが惨劇の 引き金になろう とは——

どうしてこんなことになったのでしょう。

確《かく》たる原因を突き止めるには、この私の演算機能《きのう》を以《もっ》てしても困難《こんなん》を極めます。と言うよりも、口に出すのは身の危険があるというのが表現としては正しいところかもしれません。

外では雨が降っています。六月、梅雨《つゆ》真っ盛りのこの時期では当然のことですが、それは不《ふ》穏《おん》な空気をより一層助長していました。

場所は学校、生徒会室。

昼休みの騒《さわ》がしい気配《けはい》は扉の外にあるものの、部屋は別世界のように静寂でした。

目の前に倒れているのは、ひとりの少女。

机に突っ伏し、ぴくりとも動きません。

いつもは丁寧《ていねい》にセットされている柔らかな猫っ毛も、今は生気《せいき》なく萎《しお》れています。

「あの……殊子《ことこ》さん？」

私は彼女の名を呼びます。反応なし。

「生きてるか……？」

彼女の向かいに座ったマスターが、殊子さんにぼそりと問いました。これも反応なし。

故《ゆえ》に、この場にいたもうひとりの人間である女子生徒を一瞥《いちべつ》します。

彼女は部屋の隅《すみ》に立ち、無言で俯《うつむ》いていました。

表情は窺《うかが》えません。彼女の持つ長い漆黒《しっこく》の髪もまた、静かに垂れ下がったままです。

故《ゆえ》に。

私はその黒髪の少女を、問い詰めるように。

「舞鶴《まいづる》……蜜《みつ》……あなた……」

蜜は応《こた》えません。

誰《だれ》も動きません。

机に突っ伏した殊子《ことこ》さんも。

呆然《ぼうぜん》とするマスターも。

壁《かべ》を背後に腕を組み、顔を俯《うつむ》けた舞鶴蜜も。

時間が、止まったように。


故に私は、そもそもの始まりを、第二次記憶《きおく》領域から呼び出しました。

この惨劇《さんげき》が、何故《なぜ》起きたのか。

そう。あれは遡《さかのぼ》ること、二日前。

マスターと私が、『敵』である無限回廊《エターナル・アイドル》の起こした最初の事件を片付けてから半月。

私たちが非日常の殺し合いを終わらせ、もう一度日常を送っていた、六月三日のこと——。

回想の六月三日／休日

それは梅雨時《つゆどき》には珍しく、晴れた日。

私たちはその日、挟間《はさま》市内にあるファミリーレストランへと来ていました。ランチタイム真っ盛りの店内は人で溢《あふ》れ、席に着くことができたのは着いてから十五分後のことです。

人数は五人。

私と、私のマスターである、城島晶《きじまあきら》。

マスターの友人でもありクラスメイトでもある柿原里緒《かきはらりお》さん。

先輩《せんぱい》に当たる三年生の速見《はやみ》殊子さん。

そして、私のクラスメイト、舞鶴蜜。

全員が『虚軸《キャスト》』と呼ばれる、普通の人間とは少々異なった存在です。

そして、その『虚軸《キャスト》』に関係して起きた半月前の事件——それに際してマスターに協力した見返りとして、里緒さんに殊子さん、それに蜜の三人が、マスターに食事を奢《おご》ってもらう。今回のファミレスは、それが目的でした。

「……なんで私まで来なきゃなんない訳《わけ》？」

席に座った途端《とたん》、吐き捨てるようにして愚痴《ぐち》をこぼしたのは舞鶴蜜です。

確《たし》かに、それは不自然でした。

敵のひとりを倒してもらったとはいえ、彼女と私たちは決して友好的とは言えません。むしろ私のマスターは、彼女のことを不穏《ふおん》分子でありいつか排除すべき敵だと認識《にんしき》しています。

「まったくだ。同感だな」

蜜《みつ》の愚痴《ぐち》に同意したのはそのマスター。

「あら、気が合うわね」

「合わせたくもないけどな。……ってか、文句言うなら帰れよ」

「ダメだよ晶《あきら》。蜜は協力してくれたんだよ。里緒《りお》や殊子《ことこ》にお礼するんなら、蜜にだってしなきゃおかしいんだからね」そんなマスターを制したのは柿原《かきはら》里緒さん。

ボブカットの髪を揺らし、拗《す》ねたように唇を尖《とが》らせます。

「蜜もだよ。蜜が怒ってたら、里緒も悲しくなっちゃうんだからね？」

「……ふん、わかってるわよ」渋々《しぶしぶ》といった調子《ちょうし》で、里緒さんを一瞥《いちべつ》する蜜。

彼女は里緒さんのことが苦手《にがて》——と言うよりも、里緒さんに強く言われるとどうにも逆《さか》らえないのです。……まあ、だからこそ彼女はこの場にいるのですが。里緒さんが「蜜も一緒《いっしょ》じゃなきゃイヤだよ」と駄々《だだ》を捏《こ》ねなければ、絶対に来ていません。

「まぁいいじゃないか、たまにはさ」

と。私の右隣《みぎどなり》に座った殊子さんが、何故《なぜ》か私の頭部をさわさわと撫《な》でながら言いました。

「煩《うるさ》いわね。……だいたい、なんであんたまでいるのよ」

蜜がそんな彼女を睨《にら》み付けます。

ふたりは義理の姉妹にあたるのですが——火サスによく出てくる妻と愛人よりも関係は険悪。

蜜が一方的に殊子さんのことを嫌っているのです。

「あんたそもそも、今回の件に関《かか》わってなかったじゃないのよ」

「ちゃんと関わってるよ。ね、硝子《しょうこ》?」

「はい。正確《せいかく》には事後処理にですが」

「だったらなんで佐伯《さえき》はいないの？　あいつも城島《きじま》の怪我《けが》治してやったんでしょ？」

「誘ったんだけど、ネア、用事があるって」

答えたのは里緒さん。

挟間《はさま》学園保健《ほけん》教諭《きようゆ》、佐伯ネア先生——この場にいないもうひとりの『虚軸《キャスト》』。彼女は今回欠席していました。何でも、録《と》り溜《た》めた映画の断末魔《だんまつま》シーンを編集《へんしゅう》しなければならないそうです。

理解不能な趣味《しゅみ》ですが。

「なに？　みっちゃんってば、佐伯先生にも来て欲しかったの？」

「そんなこと言ってんじゃないわよ！」

混ぜ返した殊子さんに、蜜は怒鳴《どな》ります。しかし殊子さん、いつまで私の頭部を撫で続けるつもりなのでしょう。……徐々《じょじょ》に掌《てのひら》の位置が下がってきていませんか？

緩《ゆる》やかに頭頂部から首、そして妙に執拗《しつよう》に動く五指が、襟口《えりくち》を越えて胸許《むなもと》へと侵入し——、

「ストップ」と、そこまで来たところで。

私の左隣《ひだりどなり》に腰掛けたマスターが、横目でぎろりと殊子《ことこ》さんを睨《にら》み付けました。

「おや、ばれちゃった？」言いながら残念そうに、私の服の中から手を抜く殊子さん。どうやらどさくさに紛《まぎ》れて私の胸をまさぐろうとしていたようです。

「硝子《しょうこ》……お前も止めろ」

「いえ……実は胸まで来たら迷惑料をせしめようと思考していたのですが」

「うわ、ちゃっかりしてるね硝子ってば」

悪びれたふうもない殊子さんの態度に、向かいの蜜《みつ》が盛大な舌打ちをしました。

「なに？　みっちゃんてば嫉妬《しっと》しちゃった？」

「するわけないでしょうっ！」

「そうだよ、殊子。今、蜜の隣に座ってるのは里緒《りお》なんだからね。里緒が蜜と仲良くするの」

「……しないわよ！　あんたとも！」

「ええー」

しかし、和気藹々《わきあいあい》としているのかどうか今ひとつ判然としない空気ですねこれは。

「ま、とにかくみんな、好きなもの頼みなよ」

「……お前が言うな、殊子」

強引にまとめようとした殊子さんに、憮然《ぶぜん》としたままマスターがつっこみました。お金を出すのはマスターなのですから当然です。

「あの、ご注文はお決まりですか？」

そんなこんなで会話をしていると、ウェイトレスさんが来ました。誰《だれ》が呼んだのでしょう？

「うん。決まったよ」里緒さんでした。

いつの間にかメニューを広げ、食い入るように見ています。

「では……」

すると、ウェイトレスさんが促《うなが》すと同時、

「えっとねぇ……チキンイタリアンステーキの和食セット。それから、ボンゴレスパゲティ。あとね、ベイクドチーズケーキ」

「おい……里緒？」

「それからね、ドリンクバーと、あと……ポテトフライの盛り合わせと……」

里緒さん、次から次へと注文を重ね始めました。

マスターの顔が青ざめます。

「ふうん」それを見て、蜜が意地の悪い笑《え》みを浮かべ、目を光らせました。

「じゃ、私はカルボナーラとピザマルガリータ、あとケーキセット、ハニーパイで」

「おい、舞鶴《まいづる》っ!?」

「何よ。あんたの奢《おご》りなんでしょう？　男ならぐだぐだ言ってんじゃないわ」

「なに、みっちゃんってば食べきれるの？」

　楽しそうに尋《き》く殊子《ことこ》さん。里緒《りお》さんは小柄な身体《からだ》と反比例してこういう時は大食漢《たいしょくかん》ですが、蜜《みつ》までそうとは知りませんでした。

　しかし、

「食べきれる訳《わけ》ないじゃない、こんなに」

「ふざけてんのか！」

「ひと口ずつは食べるけどあとは知ったこっちゃないわ。あ、あとプリンアラモード」

「おい、硝子《しょうこ》、お前からも……！」

　狼狽《ろうばい》したマスターは、通りがかった船に手を振る遭難者《そうなんしゃ》の表情で私の名を呼びました。

「ええ、もちろんです、マスター」

　以心伝心《いしんでんしん》。主人の望みを果たすのに確認《かくにん》の言葉など不要です。

「すみません、店員さん」私は、注文量に面食らうウェイトレスさんを見詰め、

「プリンアラモードを三つと、プリンパフェをふたつ。並びにニンジンプリンをひとつ」

「硝子っ!?」

「心配は無用ですマスター」

　食べきれない？　蜜は何を言っているのでしょうか。

プリンアラモードをひと口食べて残すなど、到底許容できるものではありません。

「こともあろうにプリンを粗末に……もとい、マスターがお金を出した食べ物を粗末にするなど決して許しませんよ、舞鶴蜜《まいづるみつ》。宣戦布告と判断します。あなたには、私が身を以《もっ》て食べ物の価値をわからせる必要があるようです」

「硝子《しょうこ》？　おい、戻ってこい硝子！」

「ええと、あの……食後にお持ち……致します、か……？」

「食後ではなくて食事です、店員さん」

「は？」

言葉を間違えたウェイトレスさんを糾《ただ》しつつ、私はメニューを閉じました。

「あの……残りのお二方は……」

「コーヒーふたつ」

と、間髪《かんはつ》入れずにマスター。

「マスター、殊子《ことこ》さんの注文を勝手に決めてしまうのは如何《いかが》なものかと」

「殊子は舞鶴の後片付けだ、いいな？」

有無を言わせない口調《くちょう》に、殊子さんが苦笑しつつ頷《うなず》きます。

「しかし……ではマスターは？　昼食はまだでしょう？　空腹ではないのですか」

「お前は……心配するところが違う……」

「残念ね城島晶《きじまあきら》。いい気味だわ」

舞鶴蜜が嘲《あざけ》りの表情を浮かべました。

マスターはそれを無視し、ズボンのポケットから財布を出すと、中身の確認《かくにん》を始めます。

「心配は無用です、マスター。財布の金額を上回っているかどうかは私が適宜《てきぎ》判断しています。

現在のところ問題はありません」

機械《きかい》である私の計算能力を以てすれば、この程度はお茶《ちゃ》の子《こ》さいさいという奴《やつ》です。

「…………そうか」

「お役に立てましたか？」

「ああお前は優秀《ゆうしゅう》だよ硝子ありがとうな……」

感情の見えない棒《ぼう》読《よ》みで呟《つぶや》くマスター。どうしたことでしょう？

あ、ウエイトレスさんが注文の確認《かくにん》を始めました。間違いのないように聴《き》いておかねば。


それから十数分後。

テーブルに載《の》り切れないほどの料理が次々に運ばれてきて、私たちは昼食を始めました。

里緒《りお》さんはぱくぱくと料理を平らげ、舞鶴蜜は宣言通りそれぞれひと口ずつ食べては皮肉げにごちそうさまとマスターを嘲笑《あざわら》い、殊子さんは蜜の残した料理を仕方ないといったふうに処理していきます。マスターは——何をしていたのか私は見ていませんでした。いえ、注文したプリンが来たのでそれどころでは。

とにかく、思わぬ出費が嵩《かさ》んだものの、食事会そのものはさしたるトラブルもなく進みます。懸念《けねん》していた険悪な空気もなく、マスターも私もこのまま平穏《へいおん》に終わるのではないかという非常に楽観的《らっかんてき》な未来予測をしていました。


しかし——今考えると。

殊子《ことこ》さんのことを嫌う蜜《みつ》、そして、そんな蜜をからかうのが何より好きな殊子さん。

このふたりが一緒《いっしょ》にいて、何も起きずに終わる訳《わけ》がなかったのです。


それは、食事があらかた片付き、全員がコーヒーなり紅茶《こうちゃ》なりで一息ついていた頃《ころ》でした。

このメンバーで和気藹々《わきあいあい》と食後のお喋《しゃべ》りをする理由もなく、全員が飲み終わったら撤収《てっしゅう》、そんな空気が場を支配していた、そんな折。

「そう言えばさ」

殊子さんが、何気なくといった調子《ちょうし》で、

「晶《あきら》クンの食事って、硝子《しょうこ》が作ってんの？」

そう——切り出したのです。

「ええ」私は頷《うなず》きました。

私とマスターは同居の身。食事にまつわる家事は基本的に私の役割です。

「そうですが、何か？」

「お弁当も？」どこか楽しげで、それ以上に含みのある言葉。

この人のこういう態度は、必ず何かを企《たくら》んでいる証拠です。

「はい。お弁当もです」

答えつつ私はマスターを一瞥《いちべつ》しました。彼もまた怪訝《けげん》な表情を殊子さんに向けています。

「じゃ、硝子って料理上手《うま》いんだよね」

「上手いか下手《へた》かは主観の問題なので私には判断でき兼《か》ねますが……」

「ふうん」

「おい、殊子……何を考えてる？」

マスターが眉根《まゆね》を寄せます。

「いやぁ」

殊子さんは眼鏡《めがね》の奥の目を細めました。

「私、まだ硝子の手料理食べたことないなーって思って、さ」

「殊子さん……それは私にあなたのお弁当を作れと言っているのですか？」

「ん？　そう受け取ったってことは、ひょっとして硝子、私に愛妻弁当作ってくれちゃったりするのかにゃー？」

軽薄《けいはく》な口調《くちょう》で私に流し目をくれる殊子《ことこ》さんに、

「バカ言うな」

マスターがぴしゃりと言い放ちました。

「あれ？　晶《あきら》クン、それって独占欲？　愛《いと》しの硝子《しょうこ》の手料理を他《ほか》の奴《やつ》なんかには食べられたくないって感じなのかな？」

「……黙《だま》れ」心底厭《いや》そうな顔をしつつ、殊子《ことこ》さんを眇《すがめ》に見ます。

「というか、硝子がお前に弁当を作ってやる理由がない」

「あるじゃない」そんなマスターへ、殊子さんはしてやったりな笑顔《えがお》を浮かべました。

……ノンフレームの眼鏡《めがね》、そのレンズが光ったのは私の錯覚《さっかく》でしょうか。

「今回の件の貸し、まだ返してもらってないよ、私」

「はあ？　お前、何を……」

マスターは思わず、テーブルの端に置かれた伝票を見ます。総額九千八百二十円税抜き。

しかし直後、

「まさか、お前……」

何かを察したマスター。

我《わ》が意を得たとばかりに、殊子さんは破顔《はがん》。

「そう、その通りだよ晶クン。私は……コーヒー一杯しか奢ってもらってない」

何を素《す》っ頓狂《とんきょう》なことを言い出すのでしょうこの人は。

素っ頓狂というよりも、もはや詐欺師《さぎし》の論法《ろんぽう》です。『消防署の方から来ました』と言って消火器を売りつけようとする不正販売員の方がまだ理に適《かな》っています。

「お前……本気で言ってんのか!?」

マスターが呆《あき》れます。

しかしこんな悪意まみれの詭弁《きべん》を察知して予測した辺《あた》り、マスターも大概《たいがい》ではありますが。

「これはちょっと割に合わないんじゃないのかな？　今回の件の後片付け……ええと、皆春八重《みなはるやえ》に森町芹菜《もりまちせりな》の記憶操作《きおくそうさ》だったっけ。それでコーヒー一杯ってのは、どうなんだろうね」

「断る」

「……どうして？」

「硝子の手作りの弁当だぞ。お前なんかに喰《く》わせてやるか」

「あら……意外だなぁ。晶クンがそんなストレートなこと言うなんて」

殊子さんの目が僅《わず》かに見開かれます。

確《たし》かに――マスターのその言葉は、私にとっても予測範囲《はんい》外のことではありました。

あの、マスター。

そこまできっぱりと言われると、その……。

ただし、殊子さんの立ち直りは迅速《じんそく》。

「しかしそんなこと聴《き》くとますます食べたくなっちゃうね。私、コーヒー一杯じゃこれから先真剣になれるかどうかわかんないにゃー」

「……脅《おど》す気か？」

「別に脅すつもりはないよ。ってかさ、硝子《しょうこ》はどうなの？　お弁当作るのは硝子なんだし」

矛先《ほこさき》を私に向ける殊子《ことこ》さん。

私は故《ゆえ》に、姿勢を正し、

「確《たし》かに、作るということそのものに関しては、不都合ありません」

「そう、だったら……」

「ですが……マスターが否《いな》と言うのであれば、私はそれに従います」

きっぱりと断りました。

私は機械《きかい》であり、マスターに従うが道理。

そのマスターが拒絶するのであれば、

「それに残念ですが、私のお弁当はマスター専用です。たとえ殊子さんでも食べさせる訳《わけ》にはいきません」

「へえ。なるほどね」

宣言する私に、殊子さんは不敵な笑《え》み。なんでしょう。まだ何か企《たくら》んでいるのでしょうか。

と——。

「……ばっかばかしい」ずっと黙《だま》っていた舞鶴蜜《まいづるみつ》が、紅茶《こうちゃ》のカップをぞんざいにテーブルへ置きながら、呆《あき》れたようにそう吐き捨てました。

「くだらない会話してんだったら、私はもう帰るわよ。ここにいたって面白《おもしろ》くもないし」

「ええ、蜜、もう帰っちゃうの？　里緒《りお》、もっと蜜と一緒《いっしょ》にいたいな」

「煩《うるさ》いわね。来てやっただけでも私にしちゃ最大限の譲歩《じょうほ》なのよ」

残念そうな顔をする隣《となり》の里緒さんを一瞥《いちべつ》し、蜜は立ち上がろうとします。

「あんたたちはここで好きなだけ馬鹿《ばか》やってりゃいいわ。私は忙しいのよ」

しかし。

私は、見逃しませんでした。

その瞬間《しゅんかん》、殊子さんの瞳《ひとみ》が――、

「あ、そうだ、みっちゃん」

「……何よ」

獲物《えもの》を狩る時の猛獣《もうじゅう》のような、冷徹《れいてつ》さと執念を兼《か》ね備えた、残酷《ざんこく》な光を宿すのを。

私は知っています。これは、

「殊子さん……あなた、もしや」

――速見《はやみ》殊子の、本気の目。

そして。

殊子《ことこ》さんは、今日《きょう》の内で一番楽しそうに。

「どうせならさ、みっちゃんが作ってよ。私に、お弁当」それを、口にします。

「…………………………はぁ？」

蜜《みつ》の表情は困惑《こんわく》。

殊子さんの瞳《ひとみ》は本気と書いてマジ。

やはり、間違いありません。

そもそも私にお弁当の話をしたのは伏線《ふくせん》。彼女の真の目的は、自分のことが大嫌いな義妹《いもうと》に手作り弁当を作らせるという、その一点にこそあったのです。

「バカじゃないの？」

蜜の困惑は一瞬《いっしゅん》。視線はすぐさま蔑《さげす》みへと変化しました。

「なんで私があんたに弁当なんか作んなきゃならない訳《わけ》？　正気？」

「うん、正気も正気だよ」

それでも殊子さんは怯《ひる》みません。

マスターは俯《うつむ》いて溜息《ためいき》を吐《つ》いています。

里緒《りお》さんはいつものようににこにことしながら事態を見守っています。

「みっちゃんの手作り弁当、食べてみたいな」

「……頭がおかしいとは思ってたけど、ここまでとはね。冗談《じょうだん》じゃないわ。あんたに手料理作るくらいなら虫に喰《く》わせた方がまだ健康的《けんこうてき》よ」

殊子さんはにこやかな表情でありながらも視線と気配《けはい》は真剣。

対して蜜はそんな殊子さんに苛立《いらだ》っている様子《ようす》。

が、誰《だれ》もが理解していました。

直情的な敵意しか表に出さない──いえ、出せない蜜。

そして、そんな彼女の扱いを実に的確《てきかく》に心得ている殊子さん。

こうなった時、もはや蜜には勝ち目などないということを。

「じゃあね狂人。あんたの戯言《たわごと》に構ってると頭が痛くなるのよ。お願《ねが》いだからもう今後一切、二度と私に話し掛けないで頂戴《ちょうだい》」

席を立ち、踵《きびす》を返す蜜の背中に、殊子さんはひとりごとを装《よそお》った陽動《ようどう》をかけます。

「そっか、仕方ないな……みっちゃん、自信がないんだもんね」

案《あん》の定《じょう》。

「……何ですって？」

直情径行《けいこう》まっしぐらな黒髪の少女は、あっさりとそれに引っ掛かり、帰りかけた足を止めて振り向きます。大戦末期のドイツ軍もかくやというほどの無策ぶりでした。

「うん。だってさ、硝子《しょうこ》の方が料理が上手に決まってるもんね。家事をやってる硝子と比べられるとみっちゃんの負けは明らかだし」

上手《じょうず》、とか、負け、とか、そういう単語を故意に強調《きょうちょう》する殊子《ことこ》さん。

「は？　あんた何言ってんの？　私が料理できないとでも……」

それに蜜《みつ》があっさりと食い付きました。

「だって私、みっちゃんが料理してるとこなんて見たことないし、みっちゃんの料理食べたこともないしね。ま、仕方ないか。明らかに負けるとわかってる勝負から逃げるのはそんなに悪いことじゃないしねー」

続く煽《あお》り文句はベタの極み。

古今東西の物語で繰《く》り返され、もはやそんなもので釣られるような人間はいません。二週間餌《えさ》を断たれた鯉《こい》ですらも避《さ》けて通るほど明らかな疑似餌《ぎじえ》です。

「っ、あんた……何言ってんのよ！　私が料理程度でこの機械《きかい》人形に負けるって!?」

それなのに。

蜜は完全に殊子さんの掌《てのひら》の上。

彼女の本能はひょっとして魚以下なのでしょうか。もはや私には理解不能です。

「おい、硝子《しょうこ》」と、そんな遣《や》り取《と》りを黙《だま》って見ていたマスターが、私に小さく囁《ささや》きました。

私はそれに無言で頷《うなず》きます。

マスターはこれ以上事態がややこしくなるのを望んでいません。殊子さんが厄介ごとを起こすのも好みません。かと言ってマスターが口出ししても『あんたには関係ないから黙《だま》ってなさい！』という蜜の怒号《どごう》が飛び出すのは目に見えています。

　ここは、当事者になりかかっている私が取りなすべきでしょう。

「意味のない扇情《せんじょう》をしないでください、殊子さん。舞鶴《まいづる》蜜、あなたも剝《む》きになり過ぎです」

　私は事態を収拾すべく、ふたりの間に割って入りました。

「いいですか？　よく考えてください」

　感情が先立ち過ぎています。ですから、まずは論理《ろんり》でもって説得に当たらねば。

「そもそも料理など、市販されている教本にあるレシピの分量と手順を守りさえすれば誰《だれ》にでも作れるものです。そんな、万人にとって習得可能なスキルを競《きそ》う意味などは……」

　と、そこまで言った時。

「おい、硝子！」何故《なぜ》かマスターが血相を変え、私の言葉を遮《さえぎ》りました。

「はい？　どうしました、マスター」

「お前な……」

「いえ、ですから私はただ、料理など舞鶴蜜にもできることなのだからと……」

「……あ、そう……そうなの」その言葉とともに。

　地の底に蠢《うごめ》く悪鬼《あっき》にも似た形相《ぎょうそう》で、蜜の視線《しせん》がゆっくりと私へ向き直りました。

「あんたまで……私をバカにするって訳《わけ》？」

「はい？」

「いいじゃない。わかったわよ。やってやるわよ。ふざけんじゃないわよ」

どうしたことでしょう。

蜜《みつ》はまるで手負いの獣《けもの》のような眼をして、私のことを睨《にら》んでくるではありませんか。

「この私が、機械《きかい》人形の機械的料理よりも料理下手《へた》ですって⁉　ふざけんじゃないわ！　いいわよ受けて立ってやるわよ完膚《かんぷ》なきまでに叩《たた》きのめしてやるわよっ！」

人で溢《あふ》れた店内中に響《ひび》き渡る、もはや絶叫に近い宣戦布告。

全員が一斉に、私たちの方を――正確《せいかく》には蜜を注視します。

しかし彼女はそれらを無視。

「勝負は明後日《あさって》、月曜《げつよう》！　二度と立ち直れないようにしてやるから楽しみに待ってなさい！」

私を指差し、牙《きば》を剝《む》き吐き捨てると、肩を怒《いか》らせつつ、恐怖で立ちすくむウェイトレスさんを押《お》し退《の》けながら店を後にしました。

後に残るのは、静寂。

やがて店内にいた人々も、私たちから眼を逸《そ》らすようにして各々《おのおの》の会話へ戻っていきます。

「硝子《しょうこ》、後押しご苦労っ」

実に楽しそうな声で殊子《ことこ》さんが私の肩を叩《たた》き、立ち上がりました。

「じゃ、私も帰るから。楽しみにしてるよ。里緒《りお》ちんはどうする？」

「あ、うん。里緒もそろそろ帰るよ。殊子、一緒《いっしょ》に帰ろう？」

「そっか。じゃ、またね、晶《あきら》クン、硝子」

「じゃあね。また明日《あした》……は休みだから、明後日だね、晶。硝子も、ばいばい」

　連れ立ってかしましく会話しつつ、殊子さんと里緒さんが去っていきます。

　店内には、ふたりだけが取り残されました。


「あの……マスター」ふたりの後ろ姿を目で追いつつ、私は言います。

「なんだ」

「いつの間にか私と蜜との勝負になっているのですが……」

「そうだな」

「どうしてそうなったのでしょう」

「お前にも原因はあると思うぞ」

「私ひょっとして、火に油を注ぎましたか？」

「いや、むしろ爆薬《ばくやく》を投げ込んだ」

「そう……ですか」

「そうだな」

「どうしましょう」

「どうしようもないな」

「そんなこと言わずに」

「そんなこと言われてもな」

「……そうですか」

「そうだな」

「あの……私、どうすればいいですか？」

「まぁ、なんだ。その……こうなったからには、負けるな」

「そう……ですね」

「そうだな」

「では勝ちます」

「そうしろ」

六人がけのテーブルなのにふたりで隣《とな》り合いつつ、ファミレスの出口を見詰めたままの姿勢で、私たちは割と不毛な会話を交わしました。

そして六月五日／平日

あの時の記憶《きおく》を確認《かくにん》しながら、私はこうなった原因について思考しました。

実際のところ——責任を誰《だれ》かひとりに求めるのは、論理的《ろんりてき》には非常に困難《こんなん》です。

責任というのであればすべからく全員に責任があります。その大小を決定するのは感情でしかなく、それは機械《きかい》の私には無縁《むえん》なものです。

生徒会室の机に俯《うつぶ》せに伏したまま動かない殊子《ことこ》さん。倒れる際に眼鏡《めがね》がひび割れる音がしましたが、怪我《けが》はしていないでしょうか。

彼女の頭部の横には、この惨劇《さんげき》を招いた物理的な原因がぽつりと置かれています。

それは、やや少女趣味《しゅみ》が過ぎる、ピンク色をしたプラスティックの、楕円型《だえんがた》お弁当箱。

私は再び、壁《かべ》に背を預けている舞鶴蜜《まいづるみつ》へと視線《しせん》を向けました。

彼女は俯《うつむ》いたまま、表情を見せません。

殊子さんが気を失ったのに合わせているのか、呼吸の気配《けはい》すら消失したように。

※

腕を組み静寂に耐えながら、舞鶴蜜《まいづるみつ》はじっと考え込んでいた。

結果だけ見るならば、ざまあみろと思う。

自分をからかって弄《もてあそ》んだ報《むく》いとして、速見殊子《はやみことこ》は今やぴくりとも動かない。むしろどちらかと言えば、そのまま永眠してしまった方が蜜にとっては都合がいい。

或《あ》いは、自分は期せずして、この忌々《いまいま》しい女から解放されたのかもしれない。

思えば、殊子には苛々《いらいら》させられ続けてきた。

蜜が虚軸《キャスト》に侵蝕《しんしょく》されて異能を得たのは一年半ほど前、中学生の頃《ころ》。それと同時期に殊子は、蜜の力を危険だからと封印した。彼女への苛立ちはその時からずっと——いや、ことによると初めて出会った二年前から——ずっと、募《つの》っていたのだ。命は奪えなかったにせよ、少なくともこれだけダメージを与えられたのであれば、それはむしろ喜ぶべきことだ。

ただ。

しかし。

蜜は、決して手放しでは喜べない。

何故《なぜ》なら、今のこの惨状《さんじょう》は——。

遡ること十四時間前／六月四日

舞鶴蜜は悩んでいた。

いや、後悔していたと言った方がいいのかもしれない。

昨日《きのう》のファミリーレストラン、そこであっさりと殊子の挑発に乗って引き受けてしまった勝負は、もう明日《あす》に迫っている。今考えるとどう見ても安っぽい挑発だった。だけどそれに、飢えた魚みたいに釣られてしまったのは自分の直情径行《けいこう》のせいだ。

こんな性格と一日前の自分の言動に苛々する。ただ、だからと言って、わかりました私の負けでいいですと勝負を投げる気にはなれない。やるのであれば正々堂々と戦い、そして勝つ。あの機《き》械《かい》人形も、そして忌々しい速見殊子も、完膚《かんぷ》なきまでにぎゃふんと言わせてやる。

勝たなければ――気が済まないのだ。

そして今、蜜は自宅のキッチンで、目の前に並べられた数々の食材を前に、ひとり腕を組んでいた。ジャガイモ。ニンジン。タマネギ。アスパラガス。ベーコン。合挽肉《あいびきにく》。今日《きょう》の帰り、スーパーに寄って買ってきたものたちだ。

メニューはおよそ決めていた。頭の中には完成したイメージもちゃんとある。

それは昔、中学校時代のある日の記《き》憶《おく》の中にある――友達が食べていた弁当の中身だった。

今ではもうその友達とは他人になってしまったが、蜜《みつ》は彼女と過ごした日々の記憶《きおく》を一度たりとも忘れたことはない。

その中でも特に記憶に残っているもの。

中学二年の秋、クラス遠足に行った日に、彼女が持っていたお弁当。

少し分けてもらって食べた。異様に美味《おい》しかったのを覚えている。自分で作ったと言っていた。素直に凄《すご》いと感心した。

だから、そのメニューにすれば、きっと美味しくできるだろうと、そう思ったのだ。

負ける訳《わけ》にはいかない。

料理など誰《だれ》にでも作れますと皮肉を言ったあの機械《きかい》人形——城島《きじま》硝子《しょうこ》にも。

お前には料理などできないだろうといった口調《くちょう》で自分をバカにした義姉《あね》——速見《はやみ》殊子《ことこ》にも。

勝利への道は用意されている。

完璧《かんぺき》なメニュー。それを作るための食材。

そしてキッチンにある各種調理用具。

あとはそれを真《ま》っ直《す》ぐに、迷いなく踏破《とうは》すればいいだけのこと。

「……さて」小さくひとりごちて、身構える。

時刻は午後十一時。早起きするのは面倒《めんどう》だから、今夜のうちに作っておく。

エプロンは装着済み。

キッチンの下から取り出した包丁を持つ。

逸《はや》る気持ちと不安を落ち着かせる。

「ふん……この程度」自分に言い聞かせるようにして、蜜は悪態を吐《つ》いた。

包丁を持つ手は微《かす》かに震《ふる》えていた。

大丈夫だ。

「こんなもの……敵を解体するのとそんな変わるもんじゃないわ」

皮肉げに笑いつつ、まな板の上に載《の》ったタマネギを見据《みす》え、刃物を振り上げる。

——包丁は、逆手《さかて》に握られていた。

舞鶴《まいづる》蜜。

料理を作るどころか、キッチンに立つのも、これが生まれて初めてである。

※

午後十一時半。

何やら階下から聞こえる物音に気付き、舞鶴家の主婦、舞鶴智代《ともよ》四十三歳は、トイレに立ったその足で明かりの点《つ》いたキッチンをゆっくりと覗《のぞ》き込んだ。

最初に目に入ったのは、少女の後ろ姿だ。

印象的な黒髪と、背中越しからもわかるほどの刺々《とげとげ》しい気配《けはい》。娘の蜜《みつ》だった。

娘、といっても、智代《ともよ》にとっては義理の娘にあたる。血が繋《つな》がっているのは夫だけであり、智代は彼と二年前に再婚した際、自動的に彼女と親子になったに過ぎない。

関係は決して上手《うま》くいってはいなかった。

蜜は智代にも実の父親にも反抗的な態度ばかり取っていたし、智代自身も変な遠慮《えんりょ》があって彼女に踏み込めずにいたからだ。しかし、そんな事情はともかくとして——キッチンに立った娘の後ろ姿と彼女の行為を目撃《もくげき》した智代は、半分寝惚《ねぼ》けた頭に電撃を走らせることとなる。

まずは、手許《てもと》のまな板。

そこに散らばっているのは、何か茶色《ちゃいろ》い破片だった。みじん切りにしているのかざく切りにしているのかは定かでない。何故《なぜ》なら大きさがまるで一定ではなかったからだ。

何を切っているのだろうと疑問に思う智代の鼻に、独特の染みるような匂《にお》いが届く。

タマネギ、だった。

しかし、何故茶色いのだろう。タマネギというのは青みがかった白い半透明な野菜のはずだ。

それなのにどうして。

気付いた。

——皮を、剝《む》いていない！

意味がわからず突っ立った智代が見ているとも知らず、蜜は続いて次の作業に移る。

今度は見えた。ジャガイモだった。

不揃《ふぞろ》い極まりないほどに解体されたタマネギをぞんざいに脇《わき》へやった蜜《みつ》は、何故《なぜ》か逆手《さかて》で持った包丁を垂直に、ジャガイモへと突き立てる。まるで殺すようだと智代《ともよ》は思った。そもそも皮を剝《む》いてもいなければ芽《め》も取っておらずあまつさえ洗ってすらいなくて表面には土が僅《わず》かに付着していたのだがこれはもはやそういう問題ではない気がした。

突き立った包丁を引き抜く。その後大雑把《おおざっぱ》に、蜜はジャガイモに刃を刺し込んでいく。死ね死ね死ねと呪詛《じゅそ》の叫びが聞こえてくるような反復行動。やがてジャガイモは原型を留《とど》めたまま無惨《むざん》な姿へと変わっていく。

「あ……」と——その時。

蜜が小さく、声をあげた。彼女の手の動きが止まる。気付かれたかと思い、智代は入り口から乗り出していた顔を咄嗟《とっさ》に引っ込め、身体《からだ》を竦《すく》ませる。

しかし、違った。

「ふん……こう持った方が切り易《やす》いわね」

蜜はなんと、逆手に持っていた包丁を、くるりと順手に持ち替えたのだった。

これは人類にとって通過するまでもなかった小さな一歩だが、彼女にとっては大きな一歩なのかもしれない。

「それにしても使いにくい道具ね」

吐き捨てつつ、今度はジャガイモを両断していく。というかどう考えても使う方に問題がある。そして何故タマネギの時点で気付かなかったのだろう。

智代の頭の中を疑問符が駆け回るが、蜜の行動は止まらない。

フライパンの載《の》っかったコンロに火を入れた。そのままジャガイモとタマネギの破片たちを投入。温まってもいなければ油もひかれていないフライパンでは、焼ける音もたたない。

まさか——料理を作っているの？

いや、違う。あれが料理であるはずがない。瞬時《しゅんじ》に否定した。

何故なら蜜は、調味料《ちょうみりょう》を入れる素振りも見せないのだから。

「……さて」蜜が呟《つぶや》く。

今度は、アスパラガスとベーコンだった。

智代の頭に浮かんだのはアスパラのベーコン巻きだ。当たり前だ。アスパラとベーコンと言えばアスパラのベーコン巻きだ。百人中九十九人はそれを思い付く。思い付かないのはただひとり、この娘だけだろう。

だって、アスパラのベーコン巻きを思い浮かべる人間がすることは、まずアスパラガスの皮を剝《む》いて茹《ゆ》でる行為であり、断じて生《なま》のまま脇《わき》に置くことではない。そしてベーコンは焼くものであり、沸騰《ふっとう》した湯に投入するものではない。

何もかもが間違っている。意味がわからない。恐《こわ》い。恐過ぎる。

茹《ゆ》で上がったと形容すべきかどうかは微妙なベーコンを菜箸《さいばし》で引っ張り出した蜜《みつ》は、その上から何か白いものを振りかけ始める。

あれは何だろう。もしかして塩で、やっぱり料理だったのだろうか。

でも、よくよく見ると全然違うものだった。

――重曹《じゅうそう》……!?

重曹。別名、炭酸水素ナトリウム。確《たし》かに塩化ナトリウムである食塩とは化学的に近いが、むしろ灰汁《あく》抜きやふくらし粉として使用するものであり、決してベーコンに振りかけていいものではない。だって苦《にが》いし。

白いから塩と間違えているのかもしれないとも思った。でも次はアスパラガスに塩胡椒《こしょう》を振っている。意味がわからない。

そして蜜はついに、重曹をまぶした茹でベーコンで塩胡椒に塗《まみ》れた生《なま》のアスパラガスを巻き始める。爪楊枝《つまようじ》で刺して、包丁で切っていく。最後だけは何故《なぜ》かまともだ。

蜜がぽつりと呟《つぶや》いた。

「……色が悪いわね」当たり前だ。

心中で反射的につっこんだ智代《ともよ》には気付かずに、蜜はあれこれと棚を探り始めた。そして各種調味料《ちょうみりょう》を取り出し並べた蜜の次の行動に――智代は、目眩《めまい》を覚える。

酢《す》。醤油《しょうゆ》。ケチャップ。ウスターソース。砂糖《さとう》。塩。挙げ句の果てにはバニラエッセンス。

それらをボールにばちゃばちゃさらさらとぶち込んで、ぐちゃぐちゃと攪拌《かくはん》していくではないか。見る間にボールの中の混合物はドドメ色に濁《にご》っていく。どんな臭《にお》いと味になっているのかは想像できないが、間違っているということに彼女は気付いていないのだろうか。

そして出来上がった何かを、蜜はアスパラガスのベーコン巻き——もとい、重曹味の茹でベーコンで生アスパラ塩胡椒掛けを巻いた物体に、ぐちゃぐちゃと塗《ぬ》っていく。

……食器を洗うためのスポンジたわしで。

もしかしてもしかすると、やっぱりあれは、料理のつもりなのか。

智代は思わず、キッチンの背中に声をかけようとした。

ああ見えて蜜は箱入りだ。智代がこの家に来る前、料理は父親がやってきたし、家事も殆《ほとん》どさせなかったらしい。そんな彼女がもし料理をしようと思い立ち、しかもそれを誰《だれ》にも相談《そうだん》すらしなかったら——ひょっとしたらこんな暴挙に出るのかもしれない。世の中には洗剤を入れた水で米を研《と》ぐ者もいると聞くし。

料理なら、私が教えましょうか？

智代は身を乗り出し、そう言いかけた。

が。

——やっぱり、違う！

そんな彼女が目にしたのは、スプーンで掬《すく》った合挽肉《あいびきにく》が次々にお湯の中へ投入される光景。

捏《こ》ねてすらいない。

というかこれが仮に料理だとするなら、何を作るつもりでいるのかもさっぱりわからない。

混乱する頭で考える。

もしかして、黒魔術《くろまじゅつ》か何かかもしれない。

映画かなにかで見たことがある。魔女が色々なモノを鍋《なべ》で煮て、妙な薬品を作っていた。

きっとそうだ。彼女はそれに影響《えいきょう》を受けて、変な儀式《ぎしき》を行おうとしているに違いない。その証拠に台所には、妙な異臭が漂い始めているではないか――!

魔術なんて現実にはあり得ないが、女の子の間でおまじないが流行するのは世の常だ。これはきっと、それのちょっとばかり過激《かげき》なものなんだろう。そうだ。そうに違いない。だってそうじゃなかったらあれは一体なに!?

恐らくは挽肉《ひきにく》の塊《かたまり》が踊っているであろう沸騰《ふっとう》する鍋の中、蜜《みつ》は真剣な面持《おもも》ちで、塩胡椒《こしょう》の瓶《びん》を両手に掲げた。逆《さか》さにして、振る。

振る。振る。振る。振る。振る。振り――。

「あ」ぼちゃん、と。音がした。

外れた蓋《ふた》と、重力に従って大量に鍋へと降っていく塩胡椒。蜜は固まったようにして動かない。もしかすると塩胡椒をすべて注ぎ込むのが目的であったかのような。

ゆっくりと無言で、空《から》になった瓶をまな板の上にかつん、と置いて、

「ま、いいわ」呟《つぶや》いた。

いいのか。

だったら確実《かくじつ》だ。あれはまじないだ。

智代《ともよ》は確信し、震《ふる》える身体《からだ》を両手で抑え込んで、ゆっくりと踵《きびす》を返す。これ以上見てはいられなかった。見ることで何かのパワーがこっちにも降り掛かってくるかもしれない。別に迷信好きな訳《わけ》ではないが、そんな気がする。

目的は何だろう。恋の成就《じょうじゅ》だろうか。それはわからない。しかし自分が見ていいものではないし、見たと知れたら蜜はきっと怒るだろう。

無理矢理《むりやり》な気がしたが、納得することにした。

納得してみれば——ああいう、おまじないみたいなことをするような子だとは思っていなかったから、少しだけ微笑《ほほえ》ましくも思った。

いつも刺々《とげとげ》しくて、こっちが思い切って話し掛けてもそっけない返事しかなく、いったいどうすれば仲良くなれるかまったくわからない子だと、ずっと悩んでいた。

智代が十八年前に産んだ実の娘、殊子《ことこ》にも何度相談《そうだん》したかわからない。

考えれば考えるほどわからなくて、智代にとっては何か別の生き物に近かった蜜。

でも、必死な顔でおまじないに熱中《ねっちゅう》する彼女の姿は、やはり年頃《としごろ》の女の子のようで。

だから、今日《きょう》。自分と蜜とは、少し歩み寄れたのではないかと、そう思った。

実際は、全然歩み寄れていないどころか全力ですれ違っていたのだけれど、そう思わなければ精神が保《も》たなかったのかもしれない。

ともあれ、舞鶴智代《まいづるともよ》は階段を上り、再び寝室へと帰る。階下からは僅《わず》かな物音がまだ聞こえていたから、がんばってね、と心の中でだけ応援しながら。

※

そして日が変わり、午前零時三十分。

かくして、楕円形《だえんけい》のプラスティックの容器の中に、完成した料理らしき物体の数々が詰め込まれる。キッチンには、すべての作業を終えた蜜《みつ》の、

「……ふう」安堵《あんど》の溜息《ためいき》が響《ひび》いていた。

中学の頃《ころ》に使っていた弁当箱を引っ張り出したのだが、まぁ量としては充分だろう。足りないなどと言ったら殺してやればいい。

メニューは三つ。

野菜炒《いた》め。

アスパラガスのベーコン巻き。

ハンバーグ。

野菜炒めは多少形が歪《いびつ》だが、こんなもの誰《だれ》が作ってもも同じだとかつてあの子が言っていたから大丈夫だと思う。アスパラガスのベーコン巻きは単純な料理だし、これも問題ない。誰が作っても味が極端に変わるものではないだろう。一番不安だったのはハンバーグだが——こちらは予想に反して上手《うま》く仕上がったと思う。茹《ゆ》で上がった時はどう考えてもハンバーグには見えず絶望的な気分になったが、解決策は簡単《かんたん》だった。ソースを絡ませればよかったのだ。そうすることで色も匂《にお》いも、蜜が普段《ふだん》食べるハンバーグと同じになった。そもそもハンバーグなんて肉とソースの味しかしないのだからこれが間違っている訳《わけ》がない。

ちなみにご飯は今日《きょう》の残りものをジャーから拝借した。新しく炊《た》いた方がいいのではとも思ったが、それだと目立つ。父や義母《はは》に見付かるのだけは避《さ》けたかったから仕方ない選択《せんたく》だ。と言うか実は、炊飯器《すいはんき》の使い方も米の炊き方も、これ以上ないほどさっぱりわからなかったのが主《おも》な原因だったのだが。

しかし、ともあれ。

出来上がったものを見ると、悪くない。

確《たし》かに形は変かもしれないいし、記憶《きおく》の中にあるあのお弁当とは多少違っているが、それでもちゃんと食べ物に見える。

待っていろ、と思った。

レシピ通りにすれば誰にでもできる、あの機械《きかい》人形はそう嘯《うそぶ》いた。確かに言葉としては正しい。だが、あれはやはり機械《きかい》で、その思考は人間と比べると根本から間違っている。前に、あの子が言っていた。

料理は創意工夫で幾らでも美味《おい》しくなるんだよー、と。

それは人間のアナログな感覚に頼った、機械には決してできない芸当だ。

現に自分は、料理などしたこともないのにこうやって弁当を作ることができた。だったら大丈夫。

必ず、勝てる。

蓋《ふた》を閉め、弁当用の包み布で縛《しば》る。完成したそれは両親の目に入れる訳《わけ》にはいかないから、自室に持ち帰ることにする。

最後に——てきぱきと、使った調《ちょう》理《り》用具を洗い、元の位置に戻した。思い切り散らかったキッチン周りもペーパーで拭《ふ》く。証拠隠滅《いんめつ》だ。

塩胡椒《こしょう》がなくなってしまったが、これはどうにでも誤魔化《ごまか》せるだろう。そもそもあの両親がこんなことで蜜《みつ》に話し掛けてくる訳がない。

満足して、蜜は身体《からだ》だけで伸びをすると、弁当を手に取る。一体どうして自分は必死でこんなことをやっているのだろうかと考えると苛《いら》ついて仕方なくなるので、思考をやめた。

——さっさと寝よう。

階段を上り、自室へ行き、机の上にぞんざいに弁当を置き、ベッドに入った。

ちなみに。

繰《く》り返すが、蜜はこれまで、料理というものをまったくしたことがなかった。家庭科の料理実習はあったが、それとて班活動。クラスで友人も作らず、他人というものを拒絶して目も合わせない彼女は、ボウルに割った卵を混ぜ合わせるだの、オーブンをセットするだの、そんな断片的な形でしか参加しなかったし、何より料理そのものにまったく興味《きょうみ》がなかった。テレビも殆《ほとん》ど見ないから、常識《じょうしき》は通じない。

だから、知らなかった。と言うよりも、その概念《がいねん》がなかった。

味見——という概念が。

更に奇《く》しくも時期は六月。

梅雨時《つゆどき》で食物は傷み易い。

半端に調理《ちょうり》したものは、尚更《なおさら》。

悲劇《ひげき》が起きたのは、だから、どうしようもない必然だったのかもしれない。

三たび六月五日／昼休み

「……お婆《ばあ》ちゃんっ!?」

唐突《とうとつ》な叫びが生徒会室の中に谺《こだま》し、私は俯《うつむ》いた舞鶴蜜《まいづるみつ》から目を離《はな》します。

「あ……殊子《ことこ》さん」

さっきまで机に突っ伏して動かなかった殊子さんが目を覚ましたのでした。

彼女は茫然自《ぼうぜんじ》失《しつ》の表情で顔を上げ、周囲をぼんやりと見渡します。

「殊子さん？　涅槃《ねはん》でも見ましたか……？」

「お婆ちゃん、おせんべい……」

「いや、殊子さんの思い出の味はともかく」

「え？　あれ？　おせんべい……焼いてくれるって言ったのに……お婆ちゃん……」

「あの、殊子さん、気を確《たし》かにしてください」

「あ……ここ……」

精神状態を窺《うかが》いながら尋《たず》ねる私の顔を、どこか虚《うつ》ろな視線《しせん》で見詰める殊子さん。

「えっと……私、何、どうなってんの？」

いつも飄々《ひょうひょう》と世界を斜めに見ている彼女にしては珍しい態度です。まあ、それだけ衝撃的《しょうげきてき》だったということでしょうが。

「しっかりしてください。ここは現実ですよ？　殊子さんはそこのお弁当を食べた瞬間《しゅんかん》気を失ったのです。状況は理解できますか？」

私は説明します。

「……生きてたか」マスターはうんざりと、殊子さんに顔をしかめました。いっそ死んでくれた方がよかったのかもといった表情です。

殊子さんはそれでも、しばらく訳《わけ》がわからないというように視線《しせん》を泳がせていましたが、

「えっと……あ、」

長机の上にあった食べかけの弁当と、乱雑に散らばった箸《はし》に気付き、

「……そうか」ようやく納得し、頷《うなず》きました。

「殊子さん、眼鏡《めがね》がずれています。あと頬《ほお》に箸の跡がくっきりと」

「あ、うん、いや……そう」

とは言えショックは癒《い》えていないようで、言葉はなかなか出てきません。

「大丈夫ですか？　シナプス活動は正常ですか？　これ何本に見えますか？」私は指を立てて、殊子さんの目の前で振りました。

「あー……二本？」

「ピンポンです」無事を確認《かくにん》。

それにしても——まさか舞鶴蜜《まいづるみつ》の弁当に、これほどの破壊力《はかいりょく》があるとは。

機械《きかい》の私にも予想範囲《はんい》外のことです。

先手は蜜でした。不機嫌《ふきげん》そうな顔で取り出した少女趣味《しゅみ》の花柄な弁当包みを、殊子《ことこ》さんは非常に楽しそうに受け取り、嬉《うれ》しいなあみっちゃんもやればできるんだなあまさか冷凍食品じゃないよね愛《いと》しの私のために早起きして作ってくれたんだよねなどと、いつもの軽口を叩《たた》きながら解《ほど》き、蓋《ふた》を開けました。その態度に蜜は「黙《だま》れ」とだけ吐き捨て、壁際《かべぎわ》に行き腕を組み、そうして殊子さんは、へぇ、と出てきた弁当を矯《た》めつ眇《すが》めつしながらじゃあいただきますと箸《はし》を手に取りアスパラガスのベーコン巻きを摘《つま》み、口に入れて無言で咀嚼《そしゃく》し飲み込んで——。

直後、ぶっ倒れたのです。

正直なところ私は、毒を疑っていました。

蜜が殊子さんのことを疎《うと》ましく思っているのは周知の事実でしたし、何より火サスなどでは人が急に倒れた時は毒殺であるのが相場。

何らかの劇物《げきぶつ》を食事に混ぜていなければ、人が倒れるなどあり得ません。

ただ、殊子さんはちゃんと目を覚ましました。気絶していたのは僅《わず》かに一分足らず。毒だとしたらどういうものなのか、蜜の目的はどこにあるのかなどは今ひとつ判然としません。

「それにしても……身体《からだ》に変調《へんちょう》はありませんか、殊子さん。記憶《きおく》の混濁《こんだく》や頭痛は？」

「うん。あの、まぁ……」

歯切れの悪い生返事《なまへんじ》。目は覚ましたと言え、あとで佐伯《さえき》先生に看《み》てもらった方が賢明《けんめい》です。

「舞鶴蜜」私は故《ゆえ》に、振り向き、

「どういうことですか？　悪戯《いたずら》にしては度が過ぎます。何故《なぜ》……」

詰問《きつもん》しようと言葉を発しかけました。が、

「……このような……え？」

が――、

「……おや？」

向けた視線《しせん》の先には、人影《ひとかげ》がありません。

蜜が立っていたはずのその場所はいつの間にか無人。

生徒会室を見渡しても、彼女の姿はどこにも見えませんでした。

「あの、マスター」

「なんだ？」

「舞鶴蜜は……どこに？」

問うと、マスターは苦笑混じりに答えます。

「さっき出てったぞ」

「出てった、って」

「ああ。恥《は》ずかしくなったんじゃないか？　顔がヤバいくらい真《ま》っ赤《か》だった」

恥ずかしくなった？　それはどういうことなのでしょう。意味不明ですが、彼女が去るのを見逃すマスターもマスターです。

「マスター。見ていたのなら何故《なぜ》止めなかったのですか。彼女は殊子《ことこ》さんに毒を盛った重要参考人というかむしろ犯人なのですよ？」

「は？　毒？　お前何言ってんだ？」

「マスターこそ何を言っているのです。殊子さんがこうして倒れたのが何よりの……」

「いや、硝子《しょうこ》、待った」

そんな私を制したのは殊子さんでした。

「毒とか言っちゃダメだよ。蜜《みつ》に悪い」

手を振りながら、可笑《おか》しそうに言います。

「あの……どういうことでしょう」

「ま、硝子がわかんないのも無理はないか。レシピさえあれば誰《だれ》にでも同じものが作れるとか言ってたし。……ね、晶《あきら》クン」

「まあ……そうだな」

理解できていない私を置き去りに、殊子さんはマスターと一緒《いっしょ》にくすくすと笑っています。

その意図が私には掴《つか》めません。

「では……毒は入っていないのですか？」

「入ってない入ってない。いや……確《たし》かに気絶するほどではあったけど」

謎《なぞ》はますます膨《ふく》らみます。

無毒。それならば、殊子さんが気絶する理由がまったくありません。

「ま、私の自業自得だね。調子《ちょうし》に乗り過ぎた」

「そうだな。……しかし驚《おどろ》きだ。お前が気絶するとこなんて初めて見た」

「食べてみる？」

「何言ってる？　お前がけしかけたんだ。最後まで自分で責任持てよ」

ふたりの会話から察するに、どうやら舞鶴《まいづる》蜜の作ったお弁当に原因があるのは確かなようです。しかしそれが毒でないとすると、いったい何なのでしょう。

私は談笑《だんしょう》しているマスターと殊子さんを後目《しりめ》に、蜜の手作り弁当をじっと見ます。

形の不揃《ふぞろ》いな野菜炒《いた》め。

色のおかしなアスパラガスのベーコン巻き。

それからソースまみれのハンバーグ。

数秒後、私は——自分の身体《からだ》で実践《じっせん》するのが最も簡易《かんい》かつ確実《かくじつ》だと判断しました。

殊子さんが気絶したのと同じメニュー。アスパラのベーコン巻きを手に取ります。

では、試食開始。

「あ、おい、待て硝子《しょうこ》!」

私がそれを摘《つま》んだのに気付いたマスターが、何故《なぜ》か慌てた声で立ち上がりました。

「え?」振り返った殊子《ことこ》さんもまた、

「あ、やめ……」同じく私を制止。

しかしもう私は既《すで》に、

「はひ?」摘んだものを口に入れた後。

咀嚼《そしゃく》。

口から鼻へと抜ける匂《にお》いと、口の中の触感。

広がっていく、味。

直後。

「む……ぐ!」

私は。

私は——今まで体験《たいけん》したことのない衝撃《しょうげき》に、身を固まらせました。

「おい、大丈夫か!?」

「ちょっと硝子!」

ふたりの声が歪《ゆが》んで聞こえます。

全身に電撃《でんげき》が走ったかのように、身体《からだ》が動きません。それでも口だけは、まるで反射のように咀嚼し、そのアスパラガスのベーコン巻きの形をした何かを飲み込もうとしています。

何でしょう。意味不明。

ただ、言えるのは。

——ちょ、これ……やば。

エマージェンシーエマージェンシー。これは非常にデンジャー。私の有機《ゆうき》体内部裏面《りめん》空間に存在する本体機械部分がアラートを発します。

しかし私の身体そのものはあくまで人間のもの。機械の命令を反映させるには致命的なほどに時間がかかります。緊急《きんきゅう》廃棄機能も動作しません。何故ならこの食物とも呼べない何かからは、毒物が検出されないのですから。

でも。

嘘《うそ》です。あり得ません。

毒でないのに、この衝撃《しょうげき》——！

そして。

ごくん、と。

ついに私の喉《のど》が、それを嚥下《えんか》してしまい、

「おい、しっかりしろ硝子！」

マスターの声が耳に届き、

「ます、たー」

「しょう、こ?」

「わたし、らめれふ」

呂律《ろれつ》の回らない舌で発した言葉とともに、

「おい、だいじょ……」

「…………………ぷしゅう」

間断する意識《いしき》とともに、言うことを聞かない身体《からだ》が、ゆっくりとくずおれていきました。

※

その頃《ころ》。

熱《あつ》いほど赤くなった顔を俯《うつむ》かせながらの早足で、舞鶴蜜《まいづるみつ》は教室へと戻ってきていた。

今は昼休み。周囲の喧噪《けんそう》は自分を気にもしていなくて、だから頬《ほお》の紅潮《こうちょう》は誰《だれ》にも見咎《みとが》められない。都合はよかった。

しかし……。

まさか、気絶するとは思わなかった。

確《たし》かに自分の料理の腕がいいとは思っていなかった。ただそれにしたって、決して見てくれは悪くなかったはずだ。

――でも、倒れたのは事実。

突っ伏した瞬間《しゅんかん》はただの嫌《いや》がらせだと思い、だったらそのまま永遠に眠れと殺してやろうとしたが、本当に気絶していると知ってちょっとばかり焦《あせ》り、目を覚ましたのを見て反射的に逃げ出してしまった。

次に顔を合わせるのが気まずい。どちらにせよ会いたくもない相手だが、それでもやはり。

席に座り、そんなことを考えていて、

「あ……」

気付いた。

ひょっとしたら、事前に味を確かめた方がよかったのかもしれない。

そんな当たり前っぽいことに今更《いまさら》気付いてもどうしようもない気がするが、それでも事前にひとつでも食べてみれば、この事態は避《さ》けられたのではないだろうか。

きっとそうだ。今度からそうしよう。

反省した直後、だけど思い直す。

いや。よく考えれば、別に料理などする必要もないし、今度など二度と来ない。

蜜は自分の思考のバカバカしさに呆《あき》れた。

それにしても――。

今回の件で、再確認《さいかくにん》した気がする。

つくづく自分は、こういったことには向いていないのだ、と。

当たり前だ。

自分は『虚軸《キャスト》』。日常を一切捨てて、非日常へと足を踏み入れた存在だ。

それなのに日常と馴《な》れ合うなんて、勘違いも甚《はなは》だしい。

「……ふん」ひとり失笑《しっしょう》する。

自分が何より似合うのは血塗《ちまみ》れの殺し合い。日常と乖離《かいり》した、『虚軸《キャスト》』としての自身の存在を賭《か》けた争いだ。あんな茶番《ちゃばん》は——演じることすら間違っていたのだろう。

教室を敵意の視線《しせん》で見渡す。

昼休みも早い段階。それぞれが友人たちと食事していた。母親に作ってもらったであろう弁当や、購買《こうばい》で買ったパン。個人個人のメニューは違うが、全員が誰《だれ》かと一緒《いっしょ》に、楽しそうに食べている。それはどうしようもない日常の風景で、それ故《ゆえ》に蜜《みつ》にとっては無縁《むえん》なものだ。

——くだらない。

だから心中でそう吐き捨て、自分と関係のない光景から視線を外《はず》そうとした。

と、その拍子に。

蜜のその視界に、ひとりの少女が映った。

ウェーブのかかったボブカットと、小柄な身体《からだ》。爛漫《らんまん》に、それでもおっとりと笑いながら、友人たちと食事を摂《と》っている。

「ねー、硝子《しょうこ》ちゃんはどこ行ってんのー？」

彼女は、一緒にいたグループの友人に尋《たず》ねた。

「ん？　何か用事あるってさ」

向かいに座った、髪をふたつに束《たば》ねた少女が、パンを飲み込んでそれに答える。

「え？　ひょっとして彼氏さんとー？」

「違うんじゃない？」

途端《とたん》沸き立った彼女へぶっきらぼうに返したのは、もうひとりの友人。

「でも、戻ってこないねー」

「昼休み中は戻らないって言ってたよ」

「ふうん。じゃ、やっぱり彼氏さんかなー」

どこか間延びした、年に似合わない子供じみた喋《しゃべ》り方。

手許《てもと》の弁当は周囲に比べてあまり減っていない。食べるのが遅いのと、そのくせお喋りに夢中になるのが原因だというのを、蜜はよく知っていた。

つい、その少女の手許を見る。

弁当箱の中身。

アスパラガスのベーコン巻き。

野菜炒《いた》め。

そして、小さなハンバーグ――。

母親から作ってもらったものではない。

彼女のお手製だ。

そしてどれも、彼女の得意料理だった。

蜜《みつ》はよく知っている。

何故《なぜ》なら、一年半前、蜜が非日常に足を踏み入れてしまう前まで、彼女の一番傍《そば》にいたのは――他《ほか》ならない自分自身だったのだから。


思った。

上手《うま》く作れなくてよかったのかもしれない。

あのメニューは、あの娘《こ》の料理だ。

アスパラガスのベーコン巻きも、野菜炒めも、ハンバーグも。

蜜の記憶《きおく》にある味は、あの娘が作ったあの味だ。

それを自分なんかが、再現できる訳《わけ》がない。

再現してもいけない。

だってあれは、あの娘のものなんだから。

自分ではなく、あの娘の。

少し微笑《わら》って、目を伏せる。

彼女と分かたれてしまった今の自分では失笑《しっしょう》にしかならなかったけれど、それでも微笑する。

虚軸《キャスト》が自分と同化してからいつもずっと胸の裡《うち》に存在する、何かに対する敵意——それがほんの少し、薄《うす》まったように思った。

※

「……ん」

規則的に自分の身体《からだ》が揺《ゆ》れる感触に、私は失っていた意識《いしき》を回復させました。

瞼《まぶた》をゆっくりと開くと、飛び込んできたのは学校の廊下。

自動的に上下しつつ、それでも前に進んでいます。

頬《ほお》には、硬めの髪の毛が当たっていました。腿《もも》の下を抱えられている感触と、身体を預ける背中。——どうやら背負われているようです。

「起きたか？」耳許《みみもと》で声がしました。

「あれ……ます、たー？」

「生徒会室出てるから『マスター』はやめろ」

私はようやく、状況を理解しました。

舞鶴蜜《まいづるみつ》の料理を食べて、そのあまりの衝撃《しょうげき》に気絶してしまった私を――マスターが背負い、どこかへ連れて行っているのだと。

「まったく。……生徒会室が第二教育棟《とう》にあったのは運がいいな」

周囲に人気《ひとけ》はありません。確《たし》かに教室のある第一教育棟は、昼休みの今、生徒だらけです。女子生徒を背負って歩く男子生徒など周囲の注目を集めるに違いありません。

「私、どのくらい眠っていたのですか？」

「せいぜい二分くらいじゃないか？」

「……どこへ？」

「保健室《ほけんしつ》。一応な」

「そう……ですか」

それにしても。

あれは本当にどうしたことでしょう。

「マスター。あれは私には理解不能です」

毒物が入っていないという事実すら脅威《きょうい》。

料理など、レシピの通りに作れば食べるに足る味のものが出来上がるはずです。それなのに蜜の作ったお弁当は常軌《じょうき》を逸《いっ》していました。

「ま、下手《へた》な奴《やつ》が作った料理ってのはあんなもんじゃないか？」

「……限度があります」

気軽に応《こた》えてくれるマスターの背中で私は首を振りました。

「辛《から》さと甘さが同時に混ざり、更《さら》に肉の脂《あぶら》と野菜の青臭さが渾然一体《こんぜんいったい》となって口の中に広がりました。あれは異常です」

「でも、お前が料理始めた頃《ころ》も似たようなもんだっただろ」

「何ということを仰《おっしゃ》るのですかっ」

断じてそんなことはありません。

私が料理を始めたのは、もう四年近く前になるでしょうか。

六年前、この世界ではない別の世界から、こちら側へやって来た当時。

この世界への存在固定が不安定なせいもあり、私は三次元活動体であるこの人間の身体《からだ》を今ほど自由に扱うことができませんでした。二年ほど続いたその状態を脱し、手先を動かす練習を兼《か》ねて料理を始めたのが、四年前のことです。

「確《たし》かにあの当時は、塩や砂糖《さとう》の量を計量し損ねたり、野菜を切らずに指を切ったりしていましたが……それでもマスター、もとい先輩《せんぱい》が気絶するような料理を作ったことはありません」

「そうだったか？　でもぶっちゃけ、あれはけっこう不味《まず》かったぞ」

「覚えていません。不都合なことはメモリから消去しています」

いいえ、実ははっきりと覚えているのですが。

はは、と笑うマスターは、それ以上つっこんできませんでした。

しかし、確《たし》かに——あの頃《ころ》の私は、マスターに『美味《おい》しい』と言ってもらえることを目標に、料理の腕を日々磨《みが》いていました。

機械《きかい》部分がレシピを記憶《きおく》し、分析したマスターの味覚により合うように分量を修正し、数値上では完璧《かんぺき》なものを叩《たた》き出せるにも拘《かかわ》らず、身体《からだ》がそれを再現することができずに、何度も失敗を重ねたものです。

「マスター……もとい、先輩《せんぱい》」

「……周りに誰《だれ》もいないからもうマスターでいい。なんだ？」

「私が初めて、マスターに『美味しい』と言ってもらった料理、覚えていますか？」

「いや。……何だっけ？」

「覚えていないならいいです」

「何だよそれ」

人間の記憶は機械よりも曖昧《あいまい》なものです。マスターのそれは他人に比して非常に優秀《ゆうしゅう》ではありますが——それでも、忘れてしまうことはあるのでしょう。

私はもちろん、覚えています。

包丁を使うことがままならず、フライパンを振ることも叶《かな》わず、それでもマスターから『美味しい』のひと言を聞き出すという目標を達成すべく、探求と研究を重ねて作った料理。

簡単《かんたん》なものでした。

切った張ったの必要がない、お菓子です。


まずは溶《と》き卵。そこにミルクと砂糖《さとう》を混ぜて、少々のバニラエッセンス。

それから。水で溶かしたグラニュー糖を、弱火で煮立ててカラメルに。

金属の型にそれらを流し、オーブンに入れて百六十度で二十分。

あとは冷やして型から取り出し、それで完成。

出来上がるのは、柔らかな食感の、下にいくほど広くなる円柱型をした、甘いお菓子――。


単純で、稚拙《ちせつ》なものでした。

それでもそれは、当時の私の技術力を結集して作ったものでした。

そして。

そのお菓子を食べたマスターは、私の作る料理に初めて『美味しい』と合格点をくれて。

ふたりで食べ終わり、身体を動かして疲労が溜《たま》り、歩けなくなった私の身体を、おんぶで布《ふ》団《とん》まで運んでくれたのです。

それは丁度、今の状況のように。

美味《おい》しい、という感覚。

それは主観《しゅかん》と感情によるものです。故《ゆえ》に、感情のない機械《きかい》の私には理解できません。

ですが、あの時から、私にとっての『美味しい』は、マスターの『美味しい』であり、それはつまり、あのお菓子のことで——。

「マスター」

「なんだ?」

「もう少しゆっくり歩いてください」

「気分でも悪いのか?」

「いえまったくそんなことは。でも……もう少しゆっくり歩いてください」

「なんだよそれは」

苦笑しつつ、それでもマスターは、歩く速度を落としてくれます。

そのゆっくりとした振動に揺られながら、私は舞鶴蜜《まいづるみつ》の料理について思考しました。

確《たし》かに料理とは呼べない代物《しろもの》ではあります。

ただ。

アスパラのベーコン巻きと、野菜炒《いた》め、それにハンバーグ。

どういう基準で選《えら》んだのかはわかりませんが、もしかしたら——。

「舞鶴のことはもう追及しないことにします」

「……そっか、寛容だな」

あのメニューは彼女にとって、何らかの意味があったのかもしれません。

だとしたら、あれは、蜜にとっては紛《まぎ》れもなく、料理であり、お弁当だったのでしょう。

あの日作った、私のプリンみたいに。

第3話
夏祭りセンチメンタル

れじみる。

ったく だからなんで 私が……
ぶすっ
蜜ー!! ねえ 見て見て
これはどう？
やっぱ さっきのが いいかなぁ
蜜はどっちが 好き？
ぶちっ
どっちでも いいわよ
いくらなんでも 時間かかりすぎ だっつーの
何十着着れば 気が済むわけ
試着済みの山
しかも 妙ちきりんな ものばっか!!
せめて帯は後ろで
絶対センス おかしいわよ
大体いつも ジャージばっか 着てるから…
はっ
ゴゴ!! ゴゴゴー
柿原里緒 16歳
ファッションへの こだわりは 人知れず深い。

周囲には人が溢《あふ》れていた。

大人《おとな》もいるだろう。子供も沢山《たくさん》だ。老人はどのくらいだろう。では男女比はどうか。

自分ではない別の誰《だれ》かが見渡して数えれば、はっきりするのかもしれない。

でも、たとえひとり残らず統計を取ってデータを出しても、意味なんかない。

周囲の人間たちがどんな人たちなのか——それは、決して自分にはわからないのだから、と、人混みの中で柿原里緒《かきはらりお》は思った。

自分の脇《わき》を三人の人間が連れ立って通り過ぎる。

手を繋《つな》いでいる。真ん中の人間の背は低い。だから親子連れなのかもしれない。

でも、その両側にいる人間たちは、本当に夫婦なのか。男同士かもしれないし女同士かもしれない。それに、真ん中の人間の背が幾ら低いからといって子供であるとは断定できない。

少なくとも里緒には、わからなかった。

人間の持つ個性をまったく把握できず、それ故《ゆえ》に個人の識別《しきべつ》ができないという欠落。

だから、里緒にはそのすべてが、すべて同じに見える。

体格が大きく違えば辛《かろ》うじて違いが理解できるけれど、それもたいした差ではない。なにせ、仮に顔を覗《のぞ》き込んでも、さっき通った人間と次に通ろうとしている人間のどこがどう違うのかもわからないのだ。それどころか、男なのか女なのかすらも。

だから里緒にとってこの人間たちは、ヒトという名の動物の群れでしかない。

不意に、厭《いや》だな、と思った。

顔にも姿にも何ら個性のないただの人間たちが一様《いちよう》に階段を上っていくその様子《ようす》に、漠然《ばくぜん》とした恐怖がある。まるで自殺するレミングの群れのようだ。笑っているのか泣いているのかも区別できないから、どんな感情を持っているのかも予測できない。子供の頃《ころ》、蟻《あり》の隊列をじっと眺めていたことがあるけれど、まったく同じだ。どんどん進んでいく蟻たちは遠目には何かの装置のようなのに、だけどそれぞれ一匹一匹に顔があった。そのひとつひとつをじっと見続けていたら気分が悪くなり、どうしようもなくなってその場から逃げ出した。

あの頃は——まさか自分が蟻の群れの中に紛《まぎ》れ込むことになるなんて思わなかったけれど。

目的の神社は階段を上った先にある。

この蟻の群れと一緒《いっしょ》に行かなければ、そこには辿《たど》り着けない。

「……考えても恐《こわ》くなっちゃうだけだもんね」

まあ、いつものことだ。

これらはただの背景。自分とは無関係な、世界の外にあるもの。そう思わなければ生きていけない。ただちょっと、ふと厭な考えに囚《とら》われてしまっただけだ。

「さ、行こうっと」里緒《りお》は頭の中から蟻の群れを追い出して、階段へ一歩を踏み出す。

上からは夏祭り独特の喧噪《けんそう》が聞こえてきて、それは確《たし》かに蟻の群れが出す音でしかないけれど、その考えを切《き》り離《はな》して音だけ聴《き》くと、楽しそうでとてもわくわくした。

1. 硝子、縁日を謳歌する

境内《けいだい》には縁日《えんにち》の屋台がところ狭しとひしめき合っています。

金魚すくい、射的《しゃてき》、綿飴《わたあめ》、型抜き、くじ引き。

昔ながらのお店が多いのは、未《いま》だ田舎《いなか》の風習も残っている地方のお祭りならではなのか、それとも懐古趣味《かいこしゅみ》なのか、それはわかりません。

しかし、この光景は例年通りのことです。旧市街にある緒方《おがた》神社の夏祭りは、お盆《ぼん》初日の今日《きょう》——八月十三日も、それなりの人だかりを見せていました。

かく言う私も、この縁日に来るのは三回目。

浴衣《ゆかた》こそ着られなかったものの、団扇《うちわ》を片手に屋台を見物していました。

「あ、先輩《せんぱい》、りんご飴があります」

「なんだよ、欲しいのか？」

隣《となり》を歩くのは私のマスター。

こちらはあまり乗り気でないといった表情で、私に対して反抗的な口をきいています。

「欲しいとは言っていません。りんご飴があると言ったのですよ」

「……回りくどくジト目で見るな……」

人混みが嫌いなのか、それともただ単に面倒《めんどう》なのか。しかしそもそも『縁日でも行くか？』と私を誘ったのはマスターの方なので、このような顔をされるのは心外です。

「関係ないですがりんご飴ってお祭りの時にしか食べられませんね」

「わかったよ。買ってやるよ……」

「小さい奴《やつ》でいいですよ」

――まあ、居間のテーブルの上に夏祭りのチラシを毎日置き続けたのは私なのですが。捨てられても捨てられても挫《くじ》けることのなかったこの信念の勝利。麦は踏まれて強くなるのです。

「当たり前だよ、お前大きいの買ってやってもどうせ全部食べきれないだろ」

「おや、去年のことをしっかり覚えているなんて。性格が悪いですよ」

「うるさい……」

ぐちぐち言いつつ、財布《さいふ》から二百円を出してりんご飴を買ってくれます。

「ありがとうございます」確《たし》かにまあ、りんご飴の単調《たんちょう》な味は大きい奴だとさすがに飽《あ》きがくるので、このくらいが適量なのですが。

「あと、イカ焼きとか焼きそばとかも控えていることですしね」

「喰《く》う気満々かよ……」

溜息《ためいき》を吐《つ》きつつ、何故《なぜ》か苦《にが》い顔で周囲をちらちらと見渡して落ち着きがありません。ここへ来た時からずっとこうなのですが、どういうことでしょう？

人の入りは上々。全国的に見ればそれほど大きな神社ではありませんが、それでも県内で三本の指に入るクラスで、夏祭りには市内の若者や親子連れがこぞって集まってきます。

「しかし、浴衣《ゆかた》があれば万全だったのですが……」

「仕方ないだろ。りなちゃんところは田舎《いなか》に帰ってるし」

森町《もりまち》のおばさまに頼めば芹菜先輩《せりなせんぱい》のお古を貸してもらえたのですが、生憎向《あいにくむ》かいの家は家族揃《そろ》ってお盆《ぼん》の里帰り中。よって私はいつもの私服姿です。

「いえ、浴衣であれば先輩が私から目移りすることもないかもしれないと思いまして」

「ば……こんなとこで訳《わけ》のわからないことを言うなっ」

私の皮肉に何故《なぜ》か慌てて周囲を見渡すマスター。

やはりさっきから様子《ようす》が変です。去年はこんなことなかったというのに。

「先輩？　ひょっとしてここに来るのに何か不都合でも……」

言いかけたその時でした。

「おやおや、どこのカップルかと思えば、城島《きじま》じゃないのさ」

背後から、ざっくばらんな呼びかけがありました。

「……げ」マスターが固まります。

代わりに振り向いた私の目に飛び込んできたのは、

「？　……え、っと……」

「あら、その娘《こ》が噂《うわさ》のカノジョ？　私見たことなかったんだよねーん」

先輩と同年代の女性でした。

三《み》つ編《あ》みにしたお下げに、丸眼鏡《まるめがね》。顔から上を見れば、ステレオタイプな委員長か図書委員かといった風貌《ふうぼう》ですが——首から下は何故か巫女《みこ》装束《しょうぞく》です。

「やっぱりいやがった……」

苦虫《にがむし》どころか毒虫でも噛《か》み潰《つぶ》したような表情で、マスターが肩を落としました。

「初めまして。私、城島くんのお友達で緒方美弦《おがたみつる》って言うのさよ」

眼鏡でお下げで巫女装束な女の人は、やや個性的な語尾でにこやかに名乗ります。

緒方美弦さん。確《たし》かマスターのクラス名簿《めいぼ》に同じ名前があったような。

「ええと、先輩に巫女さんのお友達がいらっしゃったとは……」

「ここの神社のひとり娘だよ」溜息混《ためいきま》じりに、諦《あきら》めたような声のマスター。

「あ、『緒方神社』……」

「そう。うちの縁日《えんにち》来てくれてありがとうねー。しかし城島も隅《すみ》に置けないわねえ。幼馴染《おさななじ》みが帰省してるタイミングを見計らってデートですかそうですか」

「違う……」だから会いたくなかったんだ、と、マスターはぼそりと呟《つぶや》きますが、

「しっかし小っちゃくて可愛《かわい》いわねえ。一年生だっけ？」

「あ、はい。九組です」

「九組だったら賀来《かく》っているでしょ。賀来美紀《みき》」緒方《おがた》さんは満面の笑《え》み。

「ええ。彼女が……」

「あれ、うちの軽音楽部の後輩《こうはい》。仲良くしてやってね」

賀来さんと言えばロック系の顔立ちをした背の高い強面《こわもて》の人で、確《たし》か背中に山羊《やぎ》の頭の入《い》れ墨《ずみ》まで彫っていました。同じ部活と言ってもこの緒方さんとはさすがにやる音楽のジャンルが違いそうですが、それでも仲がよかったりするのでしょうか。

「それにしても、どうしてまたそのような格好をしているのですか？」

「うちの出し物でねえ、お神籤《みくじ》やってんの」

「なんでお盆《ぼん》にお神籤なんだよ……」

「あとで引きにきてね？」マスターのつっこみをさっくりと無視して営業をする緒方さん。この人、なかなかのやり手かもしれません。

「あと、十五日は神楽殿《かぐらでん》でライブやるから」

「神楽殿で、ですか……。どのような曲を？」

「アイアンメイデン。賀来ちゃんがヴォーカルだよん」

「……はあ……」仲がいいどころか同じバンドでした。

というか神楽殿でブリティッシュヘビーメタルて。……もしかして巫女《みこ》装束《しょうぞく》のまま演奏するつもりなのでしょうか。マスターのクラスメイトは存外アレな人が多いようです。

「ま、あんま邪魔《じゃま》しちゃ悪いから私はもう行くなりよ」

緒方さんは袖《そで》を振り振り、私たちに背を向けました。

最後にマスターへ、

「城島《きじま》。二学期、楽しみにしてるよん」と、捨《す》て台詞《ぜりふ》を残しながら。

「ああ、もう好きにしてくれ……」なんだか遠い目をしたマスターは、肩を落とします。

「先輩。ひょっとしてクラスメイトの人に会いたくなかったのですか？」

「ああ……というか、あいつにだけど。面白《おもしろ》がってあることないこと言う奴《やつ》だからな」

「では緒方さんとはもう会ったことですし、手でも繋《つな》ぎますか？」

「繋がねえよ！　ってか何でそうなるんだ!?」

「いえ、あることないこと言われるのであれば、あることにしておいた方が開き直れるではないですか。言《い》い訳《わけ》をするよりは労力が少なくて済みます」

この人は疲れるのが嫌いなのです。私は別に気にしませんし。

「訳のわからない理屈を言うなっ」

怒られました。まあ、こんな人混みの中で手を繋いで歩くというのもムードに欠けているのは確か。今回は許してあげるとしましょうか。

「そう言えば、他《ほか》に知り合いは来ていないんですかね？」

「え、ああ、そうだな」会いたくない人に会ってしまって吹っ切れたのか、マスターはさっきまでの厭《いや》そうな顔から一転、いつものニュートラルな間抜け顔に戻っていました。

「お前の友達はどうなんだ？」

「夏祭りに関しては別に遊ぶ予定を立てていませんでしたから。お盆《ぼん》ですし、ひめひめは家族とキャンプのはずです。きみちゃんは……殊子《ことこ》さんの家族と一緒《いっしょ》に箱根《はこね》ですね。八重《やえ》さんはひょっとしたら彼氏さんと来ているかもしれません」

「お前には悪いけど、大田《おおた》にはあまり会いたくないいな」

「そうでしょうね」八重さんの彼氏さんはマスターのクラスメイトなのです。

「まあ、それなりに人も多いですし、会おうとしてもなかなか会えるものではないですよ」

「そうだといいけどな……って……」

と、マスターはそこで、不意に言葉を止め、ズボンのポケットに手を突っ込みました。

雑踏の中なのでメロディは聞こえませんが、携帯《けいたい》電話が振動しているようです。

「あれ」画面を見て、怪訝《けげん》な顔をし、

「……もしもし？」電話に出るマスター。

誰《だれ》でしょう。もしかして私たちと共通の知り合いなのかも。

そんなことを考えていると、マスターは私をちらちらと見ながら、

「はあ？　今どこにいるんだ？」

素《す》っ頓狂《とんきょう》な声を、あげました。

「わかった。僕らも神社にいるから。すぐ行く」

「……誰です？」電話が終わるのを待ち、私は尋《き》きます。

「里緒《りお》からだ」

「里緒さん、お祭りに来ているのですか？」おや、本当に共通の知り合いだったとは。

「では、一緒に回りましょうか」

「ああ」しかし——マスターの声は、妙に優《すぐ》れません。

それどころか、どこか困惑《こんわく》したような顔で私を見てきます。

「……どうかしたのですか？」

そして、返ってきた言葉に、

「その里緒なんだけど……子供を拾ったらしい」

「は？」今度は私が素っ頓狂な声をあげる番でした。

子供を拾った。

——里緒さんが？

柿原《かきはる》里緒さん。

私立挟間《はさま》学園、二年三組に所属する、私たちと同じ『虚軸《キャスト》』。

いつも屋上にいて授業に出ない里緒さんは、ある欠落を持っています。それは『虚軸《キャスト》』以外の人間の顔が覚えられないということ。

そして、顔を覚えられないということは、必然、その対象に何かしらの興味《きょうみ》を示すことは非常に少なく——極端な話、病気の子供が隣《となり》で苦しんでいたとしても、そのことにすら殆《ほとん》ど気を留《と》めない、いえ、留められないのが普通です。

そんな里緒《りお》さんが、子供を拾った。

事情はわかりませんが、これはただごとではありません。

私たちは、里緒さんの待つイカ焼き屋さんの前まで急ぎました。

2. 里緒、迷子ちゃんを保護する

という訳《わけ》で、柿原《かきはる》里緒は、非常に困っていた。

せっかく夏祭りに来たというのに、これでは来た意味がない。

数日前からずっと心待ちにしていた。射的《しゃてき》をしたり金魚すくいをしたりくじ引きをしたり型抜きで遊んだりと、お祭りには楽しいことが山ほどある。新しい浴衣《ゆかた》も着た。丈《たけ》の短い、黄色《きいろ》の奴《やつ》だ。可愛《かわい》くていい気分だった。

それなのに、屋台で遊ぶ前にこんなことになって、何もできずにいるのだ。

ケチのつき始めは、同行者である佐伯《さえき》ネアが遅刻したことかもしれない。携帯《けいたい》に、道路が渋《じゅう》滞《たい》しているから遅れるとメールがあった。

階段を上る前にそのメールを受け取った。たったひとりで変な考えに囚《とら》われてちょっと恐《こわ》くなってしまったが、そんな厭《いや》な思いはすぐに忘れることにして、ネアが来るまでひとりで見て回るつもりだった。

――そんな最中、人混みの中で、浴衣の袖《そで》を不意に引っ張られたのだ。

見ると、小さい人間だった。

もちろん識別《しきべつ》はできなかったので頭に『たぶん』が付くが、体格からそうだと推測できた。幾つくらいなのかはさっぱりだったけれど。

「なに？」と、一応、尋《き》いた。

「お母《かあ》さん……」そう返ってきた。

「里緒はあなたのお母さんじゃないよ」意味がわからなかったのでそう応《こた》える。

子供はまた、お母さん、と呟《つぶや》いた。

「だから、里緒はあなたのお母さんじゃないよ？」

「お母さん、いない……」

「ふうん、そう」

興味はなかった。

『虚軸《キャスト》』以外の人間なんて、沢山《たくさん》並んだコーラの空《あ》き瓶《びん》と同じような存在だ。確《たし》かに大きさくらいはわかるが、それだけだ。どれも見分けがつかず同じように見えるから、そこに個性や差異は存在しない。だからそんなものとコミュニケーションをとってもまったく無意味だし、コーラの空《あ》き瓶《びん》が割れようが倒れようが知ったことでもない。何せその辺に同じようなものが山ほどあるのだ。ひとつひとつを相手にしていたらこっちの気が狂う。

——あのとき見た、蟻《あり》の群れのように。

「離《はな》して。里緒《りお》、これから金魚すくいに行くんだから」

そう言って、摑《つか》まれた袖《そで》を振りほどこうとした。そうしたら——、

「ふ……ええ、ええええ……えええん」

泣かれてしまった。

「……え……」厭《いや》だなあ、そう思った。

見分けがつかないとは言え、泣かれると困る。だって眼の前で泣かれると、里緒も悲しくなるのだ。自分が泣いた時の記憶《きおく》を思い出して、どうしてももらい泣きしてしまう。

他者の見分けがつかないくせに、他者への感情移入は常人よりも遥《はる》かに大きい。そもそも自己と他者との境界線《きょうかいせん》が限りなく希薄《きはく》だからこそ、混じり合ってしまわないように唯一であろうとする。他者を識別《しきべつ》できないのは、つまりその結果。

それが、里緒の抱えている世界だ。

「泣かないでよ。泣くと、里緒も悲しくなっちゃうよ」

「ふえええ……お母《かあ》さぁん……」

子供は泣《な》き止《や》まない。里緒も泣きたくなった。

でも、ここで泣いてしまうと、ネアが来た時に心配される。それは厭だなと思う。

我慢して、傍《かたわ》らにいた猫の小町《こまち》に、そっと呼び掛けた。

「小町、お願《ねが》い」

純白の猫は里緒の意を汲《く》んで、子供に擦《す》り寄《よ》った。

「うぇえ……う……？」

「小町だよ。可愛《かわい》いでしょ？」

「う……う、ん」

「里緒はあなたのお母さんじゃないけど、小町は可愛いよ」

それは里緒なりに筋《すじ》の通った言葉だったが、子供は首を傾《かし》げた。

「でも、困ったなあ」このまま子供にくっ付かれていては、どこにも行けない。

子供は相変わらず、里緒の浴衣の袖を握ったまま離してくれないのだ。

――という訳《わけ》で、困った挙げ句、里緒は城島晶《きじまあきら》へと連絡を取ったのだった。

晶と硝子《しょうこ》はたまたまこの夏祭りにいた。偶然《ぐうぜん》だったけど、とても幸運だった。

三分もかからない内に、晶と硝子は来てくれて――。

※

私たちは里緒《りお》さんをすぐに見付けます。裾《すそ》の短い浴衣《ゆかた》を着た里緒さんは、布地の黄色《きいろ》と小柄な身体《からだ》で目立っていて、人混みの中でもはっきりとわかりました。

里緒さんは私たちの顔を見た途端《とたん》、困惑《こんわく》していた顔をぱっと輝《かがや》かせ、こちらへ向かって手を振ります。話の経緯《いきさつ》を聴《き》いてみると、どうやら迷子《まいご》の子供に縋《すが》り付かれてしまったとのこと。無理矢理《むりやり》置き去りにしなかった理由はわかりませんが、ともあれ見付けてしまった以上、この子をそうしてしまう訳《わけ》にはいきません。

「……坊や、名前は？」

ともあれ、こういう時はマスターの出番です。

マスターはかがみ込むと、少年——四、五歳、幼稚園児くらいでしょうか——と目線《めせん》を合わせて、営業用のスマイルで尋《たず》ねました。

しかし、少年は無言。

そのまま里緒さんの背後に隠《かく》れてしまいます。

「……おやおや」これは里緒さんが懐《なつ》かれたのか、マスターの偽《いつわ》りの仮面は子供に通用しないのか。果たしてどちらなのでしょうか。

「ええと、お名前は？　どこから来たの？」マスターは一瞬《いっしゅん》だけショックを受けたような顔をしましたが、気を取り直したように、再度子供に尋ねます。

しかし、返答なし。それどころか里緒さんの浴衣の袖《そで》をますます強く握る始末。

「先輩《せんぱい》。どうも先輩は誘拐犯《ゆうかいはん》かなにかと思われているようです」

「な……いや、待て、そんな……」

「子供にはわかるのですよ。この人はろくな人格を持っていないと」

「素《す》で酷《ひど》いことを言うな！」

「おいくちゆですか？」私はマスターを押《お》し退《の》け、少年の前にかがみ込みました。

「おにゃまえは？」

「お前、幼児語を微妙に間違ってる……」

黙《だま》りなさい誘拐犯。あなたは駄目《だめ》でも私なら、

「……う、ひぐ」

「え……？」

「うえ、ひっく……」

これはどうしたことでしょう。子供は私を見て泣きそうになっています。

まさか私が機械《きかい》であることを、『虚軸《キャスト》』であることを見抜いて警戒《けいかい》している——!?

「マスター、この子もしや敵では……無限回廊《エターナル・アイドル》の差し金かもしれません……！」

「落ち着け硝子《しょうこ》、そんな訳《わけ》あるか」

「なんですマスター、何がおかしいのですかっ」

「いや……くくく」ざまあみろと言わんばかりに笑うマスター。なんですかその態度は。

「駄目《だめ》だよ晶《あきら》、硝子、この子を虐《いじ》めちゃあ」

「いや、別に虐めた訳じゃ……」

「そ、そうですよ、虐めてる訳では……」

「大丈夫だよ。晶と硝子は恐《こわ》いけど、あなたにとっては恐い人じゃないからね」

里緒《りお》さんはすっかりこの少年に気を許したようで、頭をなでなでしています。

「……てか、すっかり里緒に懐《なつ》いてるな」

「そうですね。私たちの出る幕では……」

「でも、どうすればいいかな？　お母《かあ》さんとはぐれてるんでしょう？」

とは言え里緒さんも、別に子供の扱いに慣《な》れている訳ではありません。

「迷子《まいご》を保護《ほご》する所とかないのか？　ここ」

「さあ、さすがにそこまでは私も……」

「緒方《おがた》のところまで行ってみるか。一応、責任者の娘だし」

「そうですね。そこで預かってもらえるようならそれがベストでしょう。しかし、まずはこの子と親御《おやご》さんの名前を聞き出さないことには」

　このままでは、仮に緒方さんのところに預けてもどうしようもありません。

「親御さんもこの子を捜しているでしょうし……」

　私がそう言いかけたのと同時、

「あ、ネア」里緒さんが、私たちの背後を見て、唐突《とうとつ》に声をあげました。

「え」

　振り返ると。

「あ……」

　そこに、女性がひとり、まるで幽霊《ゆうれい》のように立っています。

　私立挟間《はさま》学園保健《ほけん》教師、佐伯《さえき》ネア先生でした。

　いつもは白衣姿しか私たちに見せない彼女は、夏祭りに合わせたのか、珍しく着物姿です。

「って、先生……？」

　着物姿なのですが——。

「あの……佐伯先生……それは……」

　着物の色は、漆黒《しっこく》。そして無地。

　白襦袢《しろじゅばん》を下に重ねています。

　帯も着物と同じく黒。これも無地。

つまり、俗に言うところの、

「それ……喪服《もふく》……では……」

アップに纏《まと》めた髪と、俯《うつむ》いた顔。前髪の隙間《すきま》から覗《のぞ》く両目には、三日間寝ずに壁《かべ》の染《し》みの数を数え続けていましたと言わんばかりの深く濃《こ》い、くま。

何というか、誰《だれ》がどう見ても、葬式《そうしき》帰りの未亡人のような形相《ぎょうそう》です。

「あの、佐伯《さえき》先生、里緒《りお》と待ち合わせしてたんですか？」

マスターは多少慌てつつも、平静を装《よそお》って尋《たず》ねます。

ここで彼女はいつものように『どうかしら晶《あきら》さん硝子《しょうこ》さん、人間どもはお祭りで浮かれ気分だけど彼ら彼女らもどうせいつかは死んでしまうのよ。だから私はこの場にいる人たちの将来を喪に服そうと思ってこんな格好をしてきたの。数珠《じゅず》とお経も持参済みようふふふふ』とかなんとか、少しばかりアレげな科白《せりふ》を嬉《うれ》しそうに口にするのだろうと、私はそう思い、

「……里緒、さん……」

思ったのですが——。

開口一番、だった。

「……………確《たし》かに、遅れてしまったのは私の落ち度だわ」

僕らはぽかんとしたまま、佐伯先生の顔を見る。

彼女の奇《き》矯《きょう》な言動はいつものことで、それがどうこうという訳《わけ》ではない。

ただ、何故《なぜ》——涙を浮かべているのだろう？

隣《となり》の硝子を一瞥《いちべつ》したが、こちらも訳がわからないというふうに首を傾《かし》げている。

「でも……でも……まさか私がいない間に、里緒さんがそんな……」

「おい硝子」僕は小さく言った。

「そんな、ってなんだ……？」

「いえ、私に尋《き》かれても」

佐伯先生は、僕らがかつて聞いたことのないような声で、

「誰の子なの!?　里緒さんっ！」

——叫んだ。

「私のいない間に、子供を作るなんて……そんな……！」

…………は？

ええと……何を言っているのだろうこの人は。

「相手は誰《だれ》なの!?　私の知ってる人なの!?」

もう意味がわからない。暑さで脳が煮えたのだろうか。

そんなことを考えながら、僕の全身から力が抜ける。

しかし——、

「違うの、ネア！　里緒《りお》は違うのっ！」

どうも、力を抜くのはまだ早かったらしい。

里緒が大慌てで、まるでメロドラマの主人公のように声を張り上げたのだ。

しかも、本気で。

「何が違うって言うのよ!?」

佐伯《さえき》先生もどうやら演技ではないらしい。

「この子は里緒の子供じゃないよ！」

「いいのよ……そんな言《い》い訳《わけ》をしなくたって！　私が悪いんでしょう⁉　私が交通渋滞《じゅうたい》に巻き込まれて遅れたから……！　そうよ……そうなの……私が車を空《す》いている歩道に乗り上げて通行人を轢《ひ》き殺してでも急行していればよかったのよ……！　そうすれば……そうすれば里緒《りお》さんが子供を作ることなんてなかった……」

「違うよネア！　里緒はちゃんとネアを待ってたよ！」

もはや嗚咽《おえつ》混じりの佐伯《さえき》先生に、演技とは思えない悲痛な叫びの里緒。

「いいのよ、私はいいのよ……里緒さんさえ幸せなら、私みたいなクズは……！」

そして佐伯先生は、喪服《もふく》の袖《そで》で顔を隠《かく》し、つつ、と踵《きびす》を返し走り出す。

「待って、ネ……！」里緒は追い掛けようとした。

しかし、自分の浴衣《ゆかた》の袖を掴《つか》む子供の指先が目に入り、その足を止める。

それが決定打だったらしい。

「……さよなら……！」よろめきながら雑踏の中へ消えていく喪服。

「……っ……！」唇を咬《か》み、拳《こぶし》を握って俯《うつむ》く里緒。

「あの……マスター」それを呆然《ぼうぜん》と見詰めながら、硝子《しょうこ》が呟《つぶや》いた。

「私、何が何だかさっぱりわからないのですが……」

「安心しろ。僕もだ」

「ええと、これはどういう状況なのでしょう」

「よくわからん。というかわかりたくない」

確《たし》かにまあ、佐伯先生と里緒は、とてつもなく仲がいい。時々、こっちが顔を覆《おお》いたくなるくらいいちゃいちゃしていることがある。でも、ええと——その……。

「とにかく、だ」

佐伯先生と里緒との間にどのようなアホ会話インフラがあったのかは凡人《ぼんじん》たる僕にはまったくさっぱりこれっぽっちも理解できなかったが、とにかく。

「佐伯先生が何か変な誤解をして泣き出したんで、どうにかしなきゃならないらしい」

「……追い掛けますか？」

「ああ、頼む」

僕は里緒を慰《なぐさ》めなければならないっぽいし。

「まあ、佐伯先生は足が極端に遅いのでどうにかなるでしょう。追い付いて説明してみます」

走り出す硝子《しょうこ》。僕は里緒に向き直る。

里緒は里緒で、なんだかもう見ていられないくらいに俯《うつむ》いて、唇をわななかせていた。

さすがの迷子《まいご》も、きょとんとした顔で、里緒をじっと見詰めていた。

それから十分の後。

ひとりで帰ってきた硝子は、何故《なぜ》か白い封筒を手に持っていた。

「佐伯《さえき》先生から預かってきました」

普段《ふだん》あまり表情の動かない硝子《しょうこ》にしては珍しく、疲れ果てた顔だった。てか、どう見ても葬式《そうしき》用の香典《こうでん》を包むための封筒なんだけどその辺のことにいちいちつっこむ気力は僕にはもうとうにありません勘弁《かんべん》してください。

「事情を説明したのですが……佐伯先生はそれをひと通り無言で聴《き》いた後、おもむろに懐《ふところ》からこれを取り出すと、何ごとか書き付けて私に手渡しました」

ナレーション風味の硝子の言葉は一切の感情が含まれていない棒《ぼう》読み。

「取《と》り敢《あ》えず、読んでみろよ、里緒《りお》……」

「……うん」

硝子から封筒を手渡された里緒は、暗い顔のままそれを受け取ると、封を開く。

中には無機質《むきしつ》な便箋《びんせん》が一枚、入っていた。

折り畳まれた手紙を開き、じっとそれを見詰める里緒。

「……で、なんて書いてあるんだ？」

手紙には、端正な文字でこう記されていた。

『ぶつもりを起動して』

…………『ぶつもり』？

「何だ？　そりゃ」単語の意味がわからない。僕は里緒の顔を窺《うかが》う。

「ゲームのことだよ」

里緒はハンドバッグの中からおもむろに携帯《けいたい》ゲーム機を取り出した。二つ折りのそれを開き、電源を入れる。ソフトの略称だろうか。ゲームなんて滅多《めった》にしないのでわからない。

ぴこーん、と、起動音が響《ひび》き、画面に光が点《とも》った。

「……なんのゲームなんだ？」

「ずっとネアと一緒《いっしょ》にやってたの。架空《かくう》の村で住人たちと交流しながらスローライフを送るゲーム。通信で互いの村を行き来もできるんだよ」

「そりゃまた随分《ずいぶん》と長閑《のどか》なゲームだな」

面と向かって謝《あやま》れないからゲームの中で謝ろうとでもいうのだろうか？

僕はゲーム機を横から覗《のぞ》き込む。スタート画面が表示されていた。

『おいでよ　ぞくぶつの森』と、書いてあった。

――――…………え？

「略して『ぶつもり』だよ」里緒が説明を始めた。

「住人たちはみんな俗物なの。『キャビアを食べたことがあるかな？　貧乏人のような顔をしているからないだろうな』って挨拶《あいさつ》してくる中小企業の社長とか、『押し目買いだ！　押し目買いだ！』って電話に向かって叫んでる汚い髭《ひげ》のオヤジとか、『ドンペリ一本だ、ねえちゃん！　げへへへ！』って叫ぶ酔っ払いとか、いろいろなの。その俗物たちを上手《うま》く利用しつつ、借金を返して家を大きくしていくんだよ。村では魚が釣れたり虫が採れたりするから、カジキマグロを釣り上げてそれをホンマグロと騙《だま》して売ったり、国産のクワガタと外国産のクワガタを交配させて雑種を作り出し、新種と偽《いつわ》って売ったりするんだ。相手は俗物だからそういうのにころっと騙されちゃうの」

「……なんだその病的なゲームは……」世間で流行《はや》っているのだろうか？　それとも佐伯《さえき》ネアと里緒《りお》の中で流行っているだけなのだろうか？

「ああ、有名ですね、ぶつもり」僕の横にいる硝子《しょうこ》が呟《つぶや》く。前者かよ。

「……有名なのか？」

「前にクラスの一部で盛り上がっていましたから」

「そう……なのか」大丈夫か現代社会。

画面に映るのは切り株だらけの荒廃した森。その中にボブカットの小さなキャラクターが立っている。これがプレイヤーだろうか？

「あ、来た」電子音が連続して『だれかが　きたみたいです』とウィンドウに表示される。

「関所を通ってくるの。関所の番人も俗物だから、袖《そで》の下がないと行き来できないんだけど」

「……いや、ゲームの説明はもういいよ里緒……」

いい加減頭が痛くなってきたので、僕は里緒を遮《さえぎ》り、画面を注視する。

関所と思《おぼ》しき門から、ポリゴンのキャラクターが出てきた。

「えっと……これが……？」

「うん。ネア」

恰幅《かっぷく》のいいスーツ姿で、髭《ひげ》を生《は》やしている。口許《くちもと》には葉巻。いかにも俗物だった。

佐伯ネアの分身たる俗物は、無言でその場に立っている。会話とかはできないのだろうかと思っていると、佐伯先生の分身は唐突《とうとつ》に、地面へ何かを投げ捨てた。

ぽん、と、効果音。

続いてまた。連続して三つ。

「……なんだこりゃ」投げ捨てたそれ、札束《さったば》に見えるんだけど……。

「札束だよ」ご丁寧《ていねい》に応《こた》える里緒。キャラクターが何かを喋《しゃべ》る様子《ようす》はない。というよりこのゲームのコミュニケーションは全部こうなのだろうか。

黙《だま》って画面を見守っていると、計十五の札束を投げ捨てた佐伯先生は、そのまま無言で里緒に背を向ける。ややもせず、画面に『だれが　かえるみたいです』との表示。

「え、……これで終わりなのか？」

硝子はきょとんとしている。僕は意味がわからない。

「そっか」帰っていく佐伯先生をゲーム内で見送りながら、里緒が呟いた。

「よかった」いや、何がよかったんだ？

笑顔《えがお》でこっちを見た。

「ネア、許してくれるって」

「……は？」札束《さつたば》か？　今の札束がそうなのか？

「あの……よくわからないのですが、誤解は解けたのでしょうか？」

硝子《しょうこ》が、怖《お》ず怖《お》ずとそう尋《たず》ねる。

「うん」里緒《りお》は笑った。満面の笑《え》みだった。

「あのね、お詫《わ》びを置いていったってことはもう怒ってないってことだよ。今はちょっと、誤解してたのが恥《は》ずかしくて里緒たちの前に姿を現せないんだと思う」

「……そうか」佐伯《さえき》先生のことは里緒が一番理解している。だから里緒がそう言うならそうなのだろう。というかそういうことにしておこう。

「だから、この子のお母《かあ》さんをまずは捜そうよ」

「じゃあ、まずは緒方《おがた》のところに行ってみるか」

頭の中には未《いま》だクエスチョンマークが渦《うず》巻いていたけど、まあゲーム内の特殊なインフラのもとで成り立つ独自のコミュニケーションなんだろう。たぶん。きっと。そうだといい。

「そうだね。じゃ、行こ？」里緒は袖《そで》を摑《つか》んでいた子供の手を、自分の指と絡《から》め直した。子供は反抗せず、里緒を見上げながら僅《わず》かに頷《うなず》く。

「あの、マスター」歩き始めた僕の横で、硝子が小声で尋《たず》ねた。

「結局、あの札束は？」

「さっぱりわからん」僕は首を振る。

「今度、私たちも買ってやってみますか？　ぶつもり」

「いや……遠慮《えんりょ》しとく」

「硝子、晶《あきら》、何してるの？　早くー！」

すっかり機嫌《きげん》を取り戻した里緒は、迷子《まいご》の手を引きながら僕らに手を振っていた。

「……こう？」

「違う違う、横からだよ」

「えっと、じゃあ、こう？　……あ」

「あーあ、破れちゃったね。じゃあ里緒がお手本見せてあげる。……こうやって追い込んで」

「わ、すごい！」

鮮《あざ》やかな手つきで金魚を一匹掬《すく》った里緒さんに、子供が賞賛の笑顔《えがお》を送ります。里緒さんは嬉《うれ》しそうにして、自慢げに笑《え》みました。

緒方さんのところにこの子を連れて行ってから、三十分。なかなか名前を言わない少年から里緒さんが辛抱《しんぼう》強く名前を聞き出して、それから緒方さんのお父様《とう》に頼み、夏祭りの役員で母親を捜してもらうことにしました。

が、時間がかかるかもしれないとのことで、取《と》り敢《あ》えず子供の面倒《めんどう》を見ていて欲しいという
ことになり——現在は私とマスター、里緒《りお》さんの三人で、この子と一緒《いっしょ》に遊んでいます。

とは言え彼は、相変わらず私たちには懐《なつ》いてくれません。

「しかしまあ、いったいぜんたいどういう訳《わけ》だ？」里緒さんとふたり、金魚すくいに勤《いそ》しんで
いる子供の背中を見て、マスターが不思議《ふしぎ》そうに呟《つぶや》きました。

「確《たし》かに予想外ですね」私も同じ気分です。

里緒さんが子供と、しかも『虚軸《キャスト》』でもなんでもない普通の人間の子供と仲良くなるなん
て……可能性があることすら、今まで考えてもみませんでした。

「どちらかと言えば里緒さんが子供みたいなのに」

「じゃあ子供同士気が合ったってことか？」

「それは里緒さんに対して失礼ですよ」

「いや、お前が言い出したんだろうが」マスターは苦笑し、

「どうなんだ、小町《こまち》？」私の胸許《むなもと》へ視線《しせん》を遣《や》りました。

子供にかかりきりの里緒さんに代わって、猫の小町を今は私が抱いているのです。

小町は一声。

「にゃお」

「……『にゃお』だそうです」

「……そうか」

こちらの会話が伝わっているのかいないのかは不明ですが、少なくとも別に機嫌《きげん》を悪くしたふうもありません。大人《おとな》しく私に抱かれています。

「うん。じゃあこの金魚はミキオにあげる」

金魚すくいが終わり、里緒さんが立ち上がりました。赤い紐《ひも》で括《くく》られた透明なビニール袋を少年に差し出しています。彼——ミキオくんと言うそうです——は、嬉《うれ》しそうにそれを受け取ると、中で泳いでいる黒いデメキンをじっと見詰めました。

「ねえミキオ、お腹《なか》減った？」

「……うん」

「じゃ、そこの綿飴《わたあめ》食べよっか」

「うん！」

里緒《りお》さんはミキオくんの手を引くと、金魚すくいの隣《となり》にある綿飴の屋台へと向かいます。

「……しかし、里緒が『虚軸《キャスト》』以外の人間の名前呼ぶのも珍しいな」

「そうですね……確《たし》かに」

基本的に他者の個性を認識《にんしき》できない里緒さんは、見分けがつかない人間を名前で呼んだりはしません。『あなた』とか『その人』とか、代名詞を使います。

里緒《りお》さん自身は、自分が代名詞で呼ばれることを嫌《いや》がり、私たちに対しても決して代名詞を使いません。ですからそのラインはつまり——個人を個人として認めているかどうか。

思考していると、マスターがぽつりと言いました。

「ずっと手を繋《つな》いでいるのが里緒らしいな」

「どういうことです？」

「里緒はミキオと他《ほか》の人間を区別できないだろ？　せいぜい大人《おとな》か子供かくらいしかわからないと思う。もし一度見失ったら、里緒はミキオを捜すことができないんだ。だから……」

「絶対に手放さないように、ですか？　見失わないために？」

「そうだろうな。ま、いい傾向だ」

マスターは僅《わず》かに笑《え》み、頷《うなず》きました。

いい傾向、ですか。

確《たし》かに、自分の世界を——自分と小町《こまち》、そして私たち『虚軸《キャスト》』のみの——ごく狭い範囲《はんい》で閉ざしてしまっている里緒さんにとって、今まで周囲の人間たちなどは路傍《ろぼう》の石のような存在だったでしょう。ですから、その路傍の石たちも自分と同じなのだということを知るのは、決して無駄《むだ》なことではありません。何故《なぜ》ならそれは、ごく当たり前の事実なのですから。

しかし——。

それが果たして『いいこと』なのか、私には判断できませんでした。

感情というものが何なのか、機械《きかい》の私にも少しずつわかりかけています。ですから、里緒さんがミキオくんとどんな思いで遊んでいるのか、私にだって幾らかは想像できます。

路傍の石と戯《たわむ》れて、楽しいと感じているであろう里緒さん。

その路傍の石に、愛着を持ち始めているだろう里緒さん。

でも、だけど。

路傍の石は、所詮《しょせん》、路傍の石。

幾ら大事にしていても、一度手放してしまえば、もう――。

「……幹生《みきお》！」

背後で女の人の叫び声がしました。

「幹生！　よかった……」

そして、立っている私たちを追い抜き、里緒さんたちの許《もと》へ走っていく人影《ひとかげ》。

「え？」ミキオくんが、それに気付きます。

「……お母《かあ》さん！」

綿飴《わたあめ》を片手に、母親の方へ。

もう片方の手を、里緒さんの手から離《はな》して。

真《ま》っ直《す》ぐに。里緒さんを置き去りに――。

「……あ」里緒さんの笑顔《えがお》が、中途半端なまま固まります。

「マスター……」私は思わず、小町《こまち》を抱く腕に力を込め、隣《となり》へと視線《しせん》を遣《や》りました。

彼は——里緒《りお》さんの親友である、私のマスターは。

「行くぞ」迷いのない声で、

「もうひとりの子供の面倒《めんどう》は、僕らが見なきゃな」

この時が来るのはわかっていたと言わんばかりの、寂《さび》しそうな苦笑を浮かべました。


現れた母親は嗚咽《おえつ》混じりに、ごめんね、ごめんねと幹生《みきお》くんを抱《だ》き締《し》めます。

「いつの間にかはぐれたんだってさ」

それを眺めつつ、彼女を見付けた緒方《おがた》さんが、私の隣で溜息《ためいき》混じりに言いました。

「ご近所さんだかに会って話し込んじゃったそうなんだわ。ま、今どきの母親らしいと言えばらしいけど……反省してるだけマシってところかねえ」

「なんにせよ、見付かってよかったですね」

「ま、ね」

母親のことを無責任だと詰《なじ》ることはできません。

子供の面倒を見るために集中力を一時《ひととき》も切らさずにおくのがどれほど困難《こんなん》なことかは、母親になったことのない私にはわからないのですから。

ただ、今の私は、幹生くんが母親に抱き締められている光景よりも、その向こうで——顔をわずかに俯《うつむ》けている里緒さんから眼を逸《そ》らすことができませんでした。

「ほら、お礼を言いなさい」

母親が里緒さんに何度も頭を下げながら、幹生くんの背中を押しました。

「ありがとう」すっかり人見知りも収まった少年は、にこやかに笑います。

「いいよ」里緒さんは顔を上げました。

無理をしているのがはっきりとわかる、そんな笑顔《えがお》を。

「里緒も楽しかったよ。金魚、大事にしてね？」

「うん。ちゃんと飼う」

「綿飴《わたあめ》、美味《おい》しかった？」

「美味しかった！」

「そっか。よかった」

そして。

里緒さんは、笑ったまま、それでも唇を咬《か》むと、

「……もう会えないけど、元気でね？」

幹生くんに、別れの言葉を――告げます。

「へ？　柿原《かきはる》、何言って……」里緒さんのクラスメイトでもある緒方さんが怪訝《けげん》な声をあげますが、直後、あ、とそれに気付き、しまったという表情を浮かべました。

「お母《かあ》さんと仲良くね？　里緒《りお》、ミキオとはもう会えないけど、ミキオのこと……」

忘れないよ。

そう言いたかったのでしょうか。里緒さんは、途中で言葉を詰まらせました。

マスターの服の袖《そで》を、まるで子供のように、迷子《まいご》の子供のように摑《つか》み、

「……会えるよ？」その時、でした。

「え……？」

幹生《みきお》くんが、里緒さんに向かって、嬉《うれ》しそうに。

「また会えるよ」無邪気な顔で、そう、言ったのです。

「ごめんね、里緒は……」それを聴《き》き、表情が決壊《けっかい》しそうになった里緒さん。

だけど、続いた幹生くんの言葉は――恐らくは里緒さんにとって、天地がひっくり返るほどの意外な言葉だったでしょう。

「ボク、もうリオの顔、覚えたもん。どこかで会ってもわかるよ。だからまた遊ぼ！」

たとえ路傍《ろぼう》の石ころと心を通わせても、その石が砂利《じゃり》の中に紛《まぎ》れてしまえば、同じものをもう一度見付けることなどできません。

でも。

心を通わせるという行為は、決して一方通行ではなく。

だから、たとえ一方が見付けられなくても、もう一方が見付けられさえすれば――再び。

「そっか」里緒さんは、涙を溜《た》めた瞳《ひとみ》を、

「そう……だね」ゆっくりと細めました。

「また会えるね。ミキオが里緒に気付いたら、今度もまた里緒を見付けてね。そうして……また、一緒《いっしょ》に……一緒に、里緒と、遊んでね」

「うん、約束！」

幹生くんは左手の小指を差し出します。

里緒さんは躊躇《ためら》いがちに、それに自分の小指を絡《から》め、指切りをしました。

「じゃあね、里緒！　またね！」

「うん。じゃあね、ミキオ」

去っていく母子を見送りながら、里緒さんは息を吸い。

少しだけ大きな声で、再び。

「……またね！」


「しっかし、柿原《かきはら》は相変わらず変な格好してるねぇ」

その光景を眺めながら、緒方《おがた》さんがまるでひとりごとのように呟《つぶや》きます。

「変、ですか？」

「うん。ま、別にいいけどねぇ。柿原らしいと言えばらしいし」

「そう……ですね。それに、あの浴衣《ゆかた》でよかったのではないですか？」

「ああ、それは確《たし》かに」

緒方《おがた》さんは苦笑します。

「そうじゃなきゃ、あの子も柿原《かきはる》を捕まえちゃいないだろうしね。今頃《いまごろ》まだ泣いてたかも」

「ええ」

私は、頭を下げながら去っていく幹生《みきお》くんの母親と里緒《りお》さんとを見比べ、薄《うす》く笑《え》みました。

恐らくは二十代前半、どうかすればまだ十代かもしれない、若いお母《かあ》さん。

黄色《きいろ》くて、丈《たけ》の短い、浴衣姿のお母さん。

それは奇《く》しくも、里緒さんとまったく同じ服装で——。


「またねー！」そのことには恐らく気付いていない里緒さんは、声を張り上げています。

小さな身体《からだ》をできるだけ大きく見せようとしているかのように、両手を振りながら。

幹生くんが、雑踏の中に消えても。

人混みに紛《まぎ》れ、わからなくなっても。

『里緒はここだよ』と、主張するかのように。

5. 祭りのあと

そうして——時間が下がり、人も少なくなり、店仕舞《みせじま》いをする屋台がちらほらと目立ってきた頃《ころ》になって、僕らは帰宅することにした。

ちなみに里緒はあの後、佐伯《さえき》先生と合流するために僕らと別れた。別れ際《ぎわ》に何度も、街中でミキオを見たら絶対教えてねと念を押しまくっていたのはちょっと微笑《ほほえ》ましい。

まあとにかく、里緒にとってはいい経験《けいけん》だったと思う。

「疲れましたか？」

「ああ、疲れた」

神社の傍《そば》の停留所でバスが来るのを待ちながら、硝子《しょうこ》がそう尋《き》いてきたので、僕は団扇《うちわ》で自分を扇《あお》ぎつつそう応《こた》えた。

それにしても暑い。

「私にも風をください」

甘えたことを言うので団扇を差し出す。

「自分でやれよ」

「……ちっ」舌打ちしやがった、こいつ。

仕方ないので扇《あお》いでやる。目を閉じて気持ちよさそうにしているのが気に喰《く》わない。

「だいたい、そんなお面乗っけてるから暑いんだよ」

「それとこれとは関係ありませんよ」

硝子《しょうこ》は屋台で買った狐《きつね》のお面を頭の横に着けていた。わざわざ自分で買っていたのだが、気に入ったのだろうか。夏休みからこっち——感情的な言動や行動が今までより目立ってきた硝子だが、こういう理由のない買い物は珍しい。

気に入ったのかと尋《き》いたら妙な理屈を言いそうだったので、黙《だま》っておくことにした。

「……しかし、子供ってのも大変だな」

代わりに、抽象的な会話を投げ掛ける。

「そうですね。私たち、かなりのディスコミュニケーションぶりでした」

「里緒《りお》に完敗だよ」

子供の扱いは難《むずか》しい。あの時僕は、里緒に懐《なつ》いたあの子を見て『子供同士気が合うんじゃないか』なんて言ったけれど、正直なところ負け惜しみだ。

僕らはたぶんまだ、子供なのだろう。子供が子供の面倒《めんどう》を見られる訳《わけ》がない。何より子供は、自分を子供扱いする大人《おとな》に心を許さない。

そういう意味で——たぶん、里緒の方が、僕らよりも大人なんだろう。

などと思っていたら、

「しかしそうなると、私たちも将来設計を考え直さなければなりませんね」

硝子が不意に、訳のわからないことを言い始めた。

「……は？」何言ってんだ、お前。

「いえ、子供は三人と考えていたものですから」

「……誰《だれ》の」

「私とマスターの」

「ば、……っ」

「まずは女の子、それから続いて男の子ふたりで一姫二太郎《いちひめにたろう》です」

「……一姫二太郎の意味が違う。あれは最初の子が女で次の子は男がいいって意味だ」

「おや、そうなのですか。ではふたりで」

「いや、そうじゃなくてだな……」

わかっているのかいないのか。

とんでもないことを平然と言う硝子の顔は、少し楽しそうだった。

「しかし、だとしたら学資保険の積《つ》み立て額を変えなければなりませんが」

「そんなこととしてたのかお前!?」

とは言え、言動はさっぱりだ。

でも、こいつも——子供は可愛《かわい》いなとか、自分も欲しいなとか、そういうことを考えたりするのだろうか。ひょっとしたら、考えるのかもしれない。

中身は機械《きかい》と言っても、硝子《しょうこ》の身体《からだ》は人間の女の子のもので、思考はそれに影響《えいきょう》を受ける。

……こいつがそのことをどう捉《とら》えているのかはわからないけど。

まあどっちみち、そういうのは大人《おとな》になってからだろう。僕にも硝子にも、まだ早い。

せめて——迷子《まいご》の子供に懐《なつ》かれるくらいにまでは成長してからだ。

「ところでマスター。赤ちゃんはどこから来るのですか？」

くだらない冗談《じょうだん》を言い始める硝子に、僕は笑った。

「コウノトリが運んでくるんだよ」

「ではコウノトリの赤ちゃんは誰《だれ》が運んでくるのでしょう」

「知るか！」

最終バスがのんびりした調子《ちょうし》でやってきたので、僕らは立ち上がった。

第4話

ナツヤスミ・パニック！

海
ですか
マスター
ああ
森町たちに
誘われてさ
確かお前まだ
行ったこと
なかったよな
もぐもぐ
一緒に行くか？
は
はい…！
おーい
硝子
準備できたか
城島
んなっ
なんだこの
荷物⁉
ずい〜
ど
灯油
カンパン
カンパン
ご安心下さい
マスター
硝子…⁉
準備は
完璧です
マニュアルも
すべて暗記済です
無人島サバイバル
太平洋横断
120日
硝子…
そういうの全部
いらないから
…
ガーン
ポン
いざ
海へ！

殊子さんの夏休み
悪巧み編

その日、八月八日。

速見《はやみ》殊子《ことこ》は、挟間市《はさまし》の外れにある海水浴場に来ていた。

目的は無論《むろん》、海水浴。夏休み中の骨休みだ。

メンバーは三人。今は端の方にある岩場で、なんとなく磯《いそ》遊びをしている。

「……ふふん」

しかし、ふと顔を上げ、砂浜の方を見たその時。殊子はそれに気付き、眼鏡《めがね》の奥の細い目を更《さら》に猫のように細くした。

遠目だけどはっきりと見えた。

――これは面白《おもしろ》いことになりそうだ。

そんな高揚《こうよう》を覚え、腕組みする。

「どうしたんですか、先輩《せんぱい》？」

少し前を歩いていた同行者のひとり、姫島姫《ひめしまひめ》が、殊子の笑《え》みに気付き振り返った。

「姫の水着姿に見蕩《みと》れてたんだよ」

健康的《けんこうてき》なタンキニがふたつに括《くく》った髪にとても似合っていた。眼福《がんぷく》という奴《やつ》だ。

「な、何言ってんですかっ」真《ま》っ赤《か》になった仕草《しぐさ》も可愛《かわい》くて、殊子《ことこ》は彼女の肩に手を回す。

挟間《はさま》学園三年生、速見《はやみ》殊子。クレバーなクールビューティーで通っている彼女は、何を隠《かく》そう女の子がいろんな意味で大好きなのだ。

そんな自分は、チューブトップの大胆なビキニ姿。

ちなみに同行者は、姫《ひめ》と、それから、

「ねーねーひめひめー、見てー。フナムシいっぱいだよー」岩だらけの磯辺《いそべ》にしゃがみ込んで頓狂《とんきょう》なことを嬉《うれ》しそうに叫ぶ、姫のクラスメイト——直川君子《なおかわきみこ》だった。

こちらは花柄のワンピース。腰回りにはフリル付きだ。殊子自身が見繕《みつくろ》ったので、当然ながらパーフェクト。まさに両手に花。

「君子！　変なもんに興味《きょうみ》示さない！」姫が君子を叱《しか》り飛ばす。

「あんた、女の子なんだからもうちょっとこう、可愛らしいものに……」

「可愛らしいってどんなの？」

「うーんと……イソギンチャクとか？」

「……基準がよくわかんないよ、ひめひめー」

「可愛いっていうのはねえ、きみちゃんみたいな水着姿の女の子だよ」

「殊子先輩《せんぱい》は黙《だま》ってなさい！」

茶々《ちゃちゃ》を入れたら怒られてしまった。

「あ、アメフラシだー。ね、ひめひめ知ってるー？　アメフラシってね、つつくと紫色《むらさきいろ》の汁がどばどば出るんだよー」

「そんな気持ち悪い情報知りたくない……」

「ちなみに食べる地方もあるんだって」

「もっと知りたくない！」

海の生物を見詰めながらもかしましいふたりに殊子は微笑する。具体的には座り込んだふたりの胸とか腰のラインとかに。実に楽しい。来てよかった。

「……先輩？」などと考えていると、いつの間にか姫がこっちをジト目で見ている。

「ん、どうしたのかな？」

「……何を見てるんですか？」

「あんたたちの水着姿だけど、それが何か？」

正直に答える。姫はまた顔を赤くして、それでも眉間《みけん》をぴくぴくとさせた。

ウブなのがまた可愛らしい。

「あ、見てくださいよ先輩ー。ヒトデー」

「お、捕まえたの？」

君子は無邪気だ。どうにも生き物に興味津々《しんしん》の様子《ようす》。こっちもまた可愛らし過ぎてお持ち帰りしたくなる。……って、実は君子とはいろいろあって現在一緒《いっしょ》に暮らしているから、お持ち帰りも何もないのだけれど。

ただし、そんな感情と表面上の態度とは裏腹《うらはら》に、殊子《ことこ》の背筋《せすじ》には鳥肌が立っていた。

——よく持てるなあ、きみちゃん……。

誰《だれ》にも秘密にしていることなのだが、殊子は実は、無脊椎《むせきつい》な海洋生物全般がとてつもなく苦手《にがて》なのだった。それは殊子のトップシークレットだ。

クールビューティーたる速見《はやみ》殊子はゴキブリを見ても無表情のまま新聞紙で叩《たた》き潰《つぶ》すことができる。実際地上の生き物に対しては無敵で、クモもムカデもへっちゃら。

そんな男らしさ溢《あふ》れる姿に、歴代の恋人たちはメロメロになってきたのだ。だから、ナマコとかアメフラシとかウミウシとかクラゲとかヒトデとかイソギンチャクとかを見ただけで背筋が凍《こお》ってしまうなど、ちょっと他人には見せられない。姫《ひめ》の前だから尚更《なおさら》に。

殊子はヒトデからそっと目を逸《そ》らしつつ、狼狽《ろうばい》を隠《かく》すようにして視線《しせん》を海へ向け、笑った。

「そう言えばさ、この海だけど……『出る』って噂《うわさ》知ってる?」

話を逸らそう。

「?　どういうことですかー?」

「あ、聞いたことありますよ。なんか夜になると出るって。大学生グループとか釣り人とかが何回か目撃《もくげき》したって」

「え、ひょっとして出る、って……」

「そ、コレ」両手をだらりと前に下げ、幽霊《ゆうれい》のジェスチャーをする。

「うー、でもさすがに昼間は……」こういう話が苦手なのだろうか。君子《きみこ》の表情は優《すぐ》れない。

「うん、確《たし》かに昼間は出ないだろうね」

上手《うま》く乗ってきてくれた。いいぞ、と思う。

「でもさ、そういうのが出る海だからこそ……生き物には気を付けなきゃならない」

「……へ？」

「ヘイケガニみたいに……顔が浮き出てたりするかも。そのヒトデとか」

「うわー！」言うが早いか。

君子は血相《けっそう》を変えると、持っていたヒトデを海の中へと投げ入れた。

哀《あわ》れヒトデ。でも全然同情はしない。あんな不条理な形をした生物など滅んでしまえ。

自分の思惑《おもわく》通りにことが進み、殊子は心中だけでほっと胸を撫《な》で下ろした。

「うー、恐《こわ》かったあ……」恐かったのは実はこっちの方なのだがまあ黙《だま》っておく。

と、

「って、え？　あれって……」

おろおろしていた君子が、不意に殊子の背後で視線を止めた。

どうやら君子も気付いたらしい。

「あれ……硝子《しょうこ》ちゃん……？」

「うん。偶然《ぐうぜん》だねえ」

そう、殊子《ことこ》はにやりと笑《え》み、言う。

 そう、ここから約百メートルほど離れた海水浴場の入り口。

 そこに――城島硝子《きじましようこ》が立っていたのだ。

城島硝子。城島晶《あきら》の同居人にして、殊子の一番のお気に入り。

特徴的で小柄な身体《からだ》は、後頭部に結《ゆ》わえられた大きなリボンと相まって、遠目からでもよくわかる。一緒《いっしょ》にいるのは――城島晶に加え、もうひとり長身の男、それと晶の幼馴染《おさななじ》みである森町芹菜《もりまちせりな》と、その友人の鴛野在亜《おしのありあ》の合計五人。なかなか大所帯だ。

目のいい君子《きみこ》は立ち上がり、

「先輩《せんぱい》、いつ気付いたんですかー?」

「ついさっきだよ」

「え!? どれ?」姫《ひめ》は目を細めるが、視力はあまりよくない。わからないようだ。

「晶クンもいたかな」

「え、デート!? デートなのー?」

「どうだろ? 晶クン、友達連れみたいだったから……怪しいことには変わりないけど」

「そっかー。じゃあさ、行こ、ひめひめー。こんなところで会うなんて偶然だしねー」

「そうだね。殊子先輩、私たちちょっと硝子のとこ、行ってきます」

君子と姫が、硝子たちの方へ向かおうとする。

硝子もまた同じく、ふたりのクラスメイトで仲良しさんなのだから当然だろう。

とは言え、

「ちょっと待った」

殊子にも考えがある。

「……は？」

ふたりを行かせる訳《わけ》にはいかない。

殊子はにやついた。まるでチェシャ猫のような顔で、怪訝《けげん》な表情をするふたりに告げる。

「私に考えがあるんだけど」

「……何です？」

返事をした姫は、またよからぬことを、と、そんな不安がありありと顔に出ている。

まったくその通り。

「あのさ……」

よからぬことを考えるのは、実に楽しい。

かくして、殊子の悪戯《いたずら》が始まった。

しかし――それが悲劇《ひげき》を招こうとは、この時はまだ、誰《だれ》も思わなかった。

硝子ちゃんの夏休み
初海水浴編

太陽が燦々《さんさん》と頭上に輝《かがや》いています。

その熱《ねつ》を吸い取った砂浜。

砂浜を湿らせる波。

そして、その波打ち際《ぎわ》ではしゃぐ、水着姿の若者たちや家族連れ。

私たちの住む挟間市《はさまし》の住宅街からJRで五駅、それから歩いて十分。太平洋に面した県内有数の海水浴場は、完膚《かんぷ》なきまでにステレオタイプなものでした。

時期は八月の八日、折しも夏休み真っ盛り。

「硝子《しょうこ》ちゃん、何年振りだっけ？」

電車を降り、浜辺に面した道路に立った私の肩を、ポニーテールの長身が軽く叩《たた》きました。

向かいの家に住む、森町芹菜《もりまちせりな》先輩《せんぱい》です。

「幼少の頃《ころ》に来たきりでしたから、かれこれ十年振り以上でしょうか」

私は眼前の光景を見詰めながら応《こた》えます。

いえ……実のところ、それは嘘《うそ》なのですが。

今から六年前に『虚軸《キャスト》』から来た存在である私はもちろん、海水浴場に来るのはこれが初めての経験《けいけん》です。しかし、私の正体を知っているのはごく限られた人たちのみ。芹菜先輩にとって私はあくまで、向かいの家に住む幼馴染《おさななじ》みであるマスターの従妹《いとこ》なのです。

「しかし、当時の記憶《きおく》はあまりありませんから、もはや未体験ゾーンの領域です」

「……ゾーンと領域は一緒《いっしょ》だ、硝子」

私の言葉に茶々《ちゃちゃ》を入れるのは、その『マスター』である、城島晶《きじまあきら》。

「磯《いそ》のにおいがします。これが潮風《しおかぜ》ですね」

「……無視かよ」いつものように面倒《めんどう》そうな口調《くちょう》でマスターは呟《つぶや》きました。

が、知ったことではありません。何しろ初めてなのです。海水浴バージンです。マスターに構っている暇《ひま》などあろうはずもないのです。

「芹菜先輩、あれは何ですか？」

「あ、あれはねえ、海の家。いろいろ売ってるの。シャワーと脱衣所もあるんだよ。あそこで水着に着替えるの」

「焼きそばと書いてありますが」

「そうだね、海にきたら焼きそばだね」

なんだか嬉《うれ》しそうな芹菜先輩。

「しかし、何故《なぜ》焼きそばを？　あと焼きトウモロコシも売ってありますが……この夏の暑さには不釣り合いなのではないでしょうか？」

「そういうふうになってんだよ。納得しとけ。お前の疑問にいちいち答えてたら日が暮れる」

私の知識欲《ちしきよく》に水を差すマスター。まったく。この人はいつもこうです。

「いいから先輩《せんぱい》は黙《だま》っててください。そして早く私の疑問に答えてください」

「黙るのか答えるのかどっちなんだよ!?」

つっこんでくるマスターに、

「何よ、いいじゃない城島《きじま》。そんなとこを不思議《ふしぎ》がるなんて硝子《しょうこ》ちゃんらしいし」

私の味方をする芹菜《せりな》先輩。

「……いいからいつまでも立ち止まってないで早く行こう……」

マスターは引き下がりません。

「何故《なぜ》です? まだ来たばかりですよ。まずは遠景で海水浴場というものを……」

「……重い」

「あ、そうでした」何故なら。

ビーチパラソル、浮《う》き輪《わ》、椅子《いす》、シート、そしてこの日のために買った特大ワニさん。

その他《ほか》、海水浴に必要なあらゆる荷物は、すべてマスターひとりが抱えていたのでした。

「じゃんけんに負けるお前が悪い」うんざりした顔のマスターに得意げな笑《え》みを投げ掛けるのは、このレジャーの同行者のひとり、敷戸《しきど》良司《りょうじ》先輩です。

彼はマスターのクラスメイト。筋肉質の色黒でしかも髪はドレッドと、海を根城にしていてもおかしくはない容姿ですが、別にアウトドア派ではないというのがチャームポイントです。

……チャームポイントと言っていいのかどうかはともかくとして。

「口ではそんなこと言いつつ持ってくれるのが友達ってもんだろうが……」

「あ？　持ったら罰ゲームになんねえだろ」

「頑張《がんば》って、城島くん」

それともうひとり。快活に笑う敷戸先輩の後ろで、一緒《いっしょ》になって笑う女の人は、こちらもマスターのクラスメイトである、鴛野《おしの》在亜《ありあ》さん。

つまりこの海水浴のメンバーは、私、マスター、芹菜先輩、敷戸先輩、そして鴛野在亜さん——以上の五人という訳《わけ》です。私以外は全員クラスメイトなので、同じ高校の先輩後輩同士とは言え、メンバーとしては私だけが仲間はずれではあります。

しかしまあ、芹菜先輩が誘ってくれたのだから断る理由はありません。

それに、何より。

「ほら、行きますよ先輩」

「ああ、わかったよ。ったく……」

マスターが私を置いて遊びに行くのは、非常に許し難《がた》い事態でもありますから。

「早くしてください。何をもたもたしているのですか？」

「お前、さっきと言うことが違う……！」

私は荷物を抱えたマスターを急《せ》かすと、砂浜へと続く階段を、そろそろと下りました。

※

適当な場所に陣地を取り、ようやく荷物を降ろした僕は、広げたシートの上に座って、ここぞとばかりに大きな溜息《ためいき》を吐《つ》いた。

「まったく……冗談《じょうだん》じゃない」

女の子三人は疲れ果てた僕に見向きもせずとっとと着替えに行ってしまい、男ふたりが砂浜に残されている。『着替え終えるまでに浮《う》き輪《わ》とワニさんをちゃんと膨《ふく》らませておいてください』とは硝子《しょうこ》の弁。

「ま、仕方ねえさ」良司《りょうじ》は手早く、引っ張り出したワニボートに空気入れを接続している。諦《あきら》めているのか楽しんでいるのかよくわからない。

「でも、よかったのか？」僕は尋《き》いた。

「ん、硝子ちゃんのことか？」

「ああ」

そもそも今日《きょう》の海水浴に硝子は無関係だった。

誘ったのは芹菜《せりな》だし良司も硝子と初対面ではないとは言え、少なくとも鴛野《おしの》とは一応初対面という形になる。邪魔《じゃま》に思われていなければいいのだけど。

「鴛野は特に何も言ってなかったぜ」

「ま、鴛野がいいんならいいんだけど……」

僕の呟《つぶや》きに、良司は応《こた》えた。

「森町《もりまち》の気遣《きづか》いかもしれんしな」

「え？」

「あのな……正直俺《おれ》、四人だけだったら会話が止まってたかもしれん」

良司はほっとしたような顔で、硝子たちが入って行った海の家を眺めている。

――なるほど。

今更《いまさら》ながら、僕は思い当たる。

そもそも、海へ来ることになった経緯《いきさつ》。それは夏休み前、七月の終わりのことだ。

鴛野在亜《ありあ》が、良司に告白をした。

それは良司にとって予想外で、あまりに突然のことで、だから少し考えさせてくれと応えた良司に対して、鴛野が『だったら自分のことをもっと知ってもらいたいしどこか遊びに行こう』などと言い始めたのが発端《ほったん》だ。

故《ゆえ》に、当然ながら、良司と鴛野のふたりはやや気まずい。それはふたりのことを知っている僕と芹菜も同様で、どうしてもふたりに対して気を遣ってしまう。四人だけだと、ぎくしゃくしてしまうかもしれない。だったら芹菜《せりな》が硝子《しょうこ》を誘ったのも納得できる話だ。

「実際、俺《おれ》はちょっと助かった」

「そっか。……で、お前、どうするんだ？」

無責任だなとも思いつつ、僕は良司《りょうじ》に、

「どっちにしても、お前の好きなように……」

やるしかないだろうさ、と言おうとしたその時、ふと泳がせた視線《しせん》の中に、

「……ん？」

「どうした」

「いや……」気のせいだろうか。

何《な》とはなしに眺めていた砂浜。地方の海水浴場としてはそれなりに多い海水浴客たちの中に、見《み》慣れた人影《ひとかげ》が目に入ったような気がしたのだ。

「……まさか」慌てて目で追うが、もう見当たらない。遠目だったし、一瞬《いっしゅん》のことだった。

気のせいだろう。

「何でもないよ」

まあ、仮にいてもいなくてもどっちでもいいさ、と思った。あまり会いたくない相手だし、気のせいではなかったとしても放っておこう。

「知り合いでもいたのか？」

怪訝《けげん》そうに問う良司に肩を竦《すく》め、僕は再び海の家へと目を向けた。

もうそろそろ硝子たちも着替え終わる頃《ころ》だ。

戻ってきたら今度は僕らが着替えに行かなければならない。

水着の準備をしておこう。僕は傍《かたわ》らに置いたバッグを開け、その中へと視線を落とした。

※

そして、着替え終わった私たちは、マスターたちのところへと戻りました。

長身の芹菜先輩《せんぱい》が着ているのは、薄《うす》い青色のワンピースタイプ。対して鴛野《おしの》在亜《ありあ》さんは、白地に花柄のセパレートタイプ。ふたりとも私よりも年上なだけあって、非常に均整《きんせい》の取れたスタイルです。マスターや敷戸《しきど》先輩が目の遣《や》りどころに困っているのも頷《うなず》ける話でした。

……と言うより、私があまり育っていないだけなのでしょうか。

「やはり私ももう少し胸とかあった方がいいのでしょうか？」

しかし、ぽつりと問うた私に、マスターが大きな溜息《ためいき》を吐《つ》きました。

「お前の場合はそういう問題じゃない……」

私の身体《からだ》をじろじろと見ながら言います。

「視姦《しかん》ですか？　先輩」

「違うっ！　……お前、いったいどこでそんな水着買ったんだよ」

「え、これって城島《きじま》が見繕《みつくろ》ったんじゃないの？」

胡乱《うろん》げなマスターに、芹菜《せりな》先輩《せんぱい》が驚《おどろ》いた声をあげます。

「僕がそんなもん選《えら》ぶか！」

ムキになって否定するマスター。

「変ですか？」

「いや、変と言うか……」

「じゃ、自分で選んだんだ、硝子《しょうこ》ちゃん。可愛《かわい》いと思うよ。モデルさんみたい」

「うん、だよね」芹菜先輩と鴛野《おしの》さんは私の味方のようですが……マスターの趣味《しゅみ》ではなかったということでしょうか？

マスターは、再び盛大な溜息《ためいき》を吐《つ》きました。

「だいたい、どこで売ってたんだ……白のスクール水着なんて」

「ネット通販です」私は答えました。

「下調《したしら》べしたところ、現在のトレンドはこれということでしたので購入《こうにゅう》しました」

ゼッケン付きはレアなのです。胸には『きじま』と名前がプリントされていました。オーダーメイドの勝負水着です。

……と、サイトに載《の》っていたのですが。

きじま

「お前それ、間違ったサイト見てる……」しかしマスターはこの勝負水着がお気に召さない模《も》様《よう》。これは意外ですね。男の人の趣味《しゅみ》は難《むずか》しいです。

「いいじゃないの、さっきも言ったけど、モデルさんみたいだよ」

「いや森町《もりまち》、そのモデルって、小学生アイドルとかその辺だろ……？」

うん、そうだけど？　と、芹菜先輩《せりなせんぱい》はあっけらかんとした顔で笑《え》みます。

「な、まさか……」私は驚愕《きょうがく》しました。

何ということでしょう。

小学生アイドル。

「それはまさか……芹菜先輩のようなぼよよんのぱややんとは対極に位置する概念《がいねん》では……」

「な…… 硝子《しょうこ》ちゃん、何言って……!?」

何故《なぜ》か顔を真っ赤《まか》にする芹菜先輩。しかし私はそれどころではありません。

「私の見たウェブサイトではぼよよんのぱややんな人がこの白スクールを着ていたのに……」

「だからそもそもお前が見たサイトが甚《はなは》だしく間違ってる……」

「でも『水着』で検索《けんさく》したらトップに出てきたんですよ？」

「じゃあ検索エンジンが間違ってる……もういい、いいから！　ほら、泳ぎに行け」

マスターは呆《あき》れた顔で、膨《ふく》らませたワニさんを押し付けます。

「せっかく海に来てるんだから、ぷかぷか浮いてこいっ！」

「そ、そうだね硝子ちゃん！　ほら、在亜《ありあ》も」

「はあ」

真っ赤になっていた芹菜先輩は未《いま》だ慌てた様子《ようす》で私の手を引きます。見ればマスターは微妙に芹菜先輩から顔を背《そむ》けていました。どういうことでしょう。やはりマスターは芹菜先輩みたいな体型の方がお好みなのでしょうか。

まあ、深くは追及しないことにします。

とにかく初めて海に来たのですから、海水浴というものを試みなければなりません。塩分濃《のう》度《ど》の関係でプールよりも身体《からだ》が浮きやすいという事実は学習済み。これは泳げない私にとって非常に有利な自然現象です。

波打ち際《ぎわ》まで進んだところで、鴛野《おしの》さんが尋《き》いてきました。

「硝子ちゃん、どうする？　浮《う》き輪《わ》使う？」

「確《たし》かにワニさんに掴《つか》まっておくのは比較的高度な技術を要するかもしれませんね……」

「じゃ、私と芹菜はワニ使うから、慣《な》れてきて交代したくなったら言ってね」

「はい、ありがとうございます」

定期的に寄せては返す波を見詰めながら、私は浮き輪を腰に、一歩を踏み出しました。

冷たいです。

「足の裏の砂が、ざーって減っていきます」

「うん、この感覚面白《おもしろ》いよね」

隣《となり》に立った芹菜先輩《せりなせんぱい》が私に頷《うなず》きました。

ちなみにマスターと敷戸《しきど》先輩は着替えに行きました。合流するのはもう少し後のことでしょう。お先に失礼することにします。

という訳《わけ》で、いざ、海へ。

踝《くるぶし》、膝《ひざ》、腰と、前進するにつれて徐々《じょじょ》に水嵩《みずかさ》が増していきます。波のせいで、予測していたよりも遥《はる》かに動きにくいです。

「芹菜先輩、ふらふらします」

「大丈夫大丈夫、浮《う》き輪《わ》あるんだし」

言われ、空気の入ったビニールにしがみつきつつ、更《さら》にもう数歩。

「……芹菜先輩」

「なに、今度はどうしたの？」

芹菜先輩と鴛野《おしの》さんは、既《すで》にワニさんと一緒《いっしょ》に、二メートルほども前にいます。

私は——この未知の体験《たいけん》に、自然、声が大きくなりました。

「大変です！　浮き輪に摑《つか》まると足が海底に届かなくなることが判明しました！」

「いや、そういうもんだって」

私が緊迫《きんぱく》しているというのに、芹菜先輩は涼しい顔です。

「足が届かなかったらどうやって歩けばいいのですか!?」

「浮き輪に身を任せてバタ足するの」鴛野さんもそう言いますが、そんなこと言われても。

「ああ、私を置いていかないでください……」

私は縋《すが》るようにして足を動かします。しかしどんなにバタ足をしても、どういう訳《わけ》かその場でぐるぐると回転するのみ。

「硝子《しょうこ》ちゃん、立ち泳ぎでバタ足してもダメだって！」

ですからそんなこと言われても。

無様《ぶざま》なことに、冷静であってしかるべきはずの、体内裏面《りめん》空間に収納された機械《きかい》部分でさえもが演算に不調《ふちょう》を訴えてきます。というか、何ですかこの波は。

「わっ、ぷ……！　……芹菜先輩！」

「なに、どうしたの？」

「この水には塩分が含まれています！」

「いやそれ当たり前だよ!?」いえ、その通りですし、塩分濃度の数値も知識《ちしき》として知っていましたが、まさかここまで刺激《しげき》が強いとは……。

「大丈夫だから、もっと身体《からだ》を倒して」

芹菜先輩はあくまで笑顔《えがお》。まるで応援《おうえん》するように手を振ります、が……。

が……。

「身体《からだ》を倒したらひっくり返ってしまうかもしれないではないですか！」

「あはは、大丈夫だからっ！」

「笑い事ではありません！　衛生兵《えいせいへい》！　衛生兵はどこですか!?」

「大丈夫、硝子《しょうこ》ちゃん怪我《けが》してないから！」

「芹菜《せりな》それ、つっこみどころが違う……」

初めての海水浴。

これは非常に、前途《ぜんと》多《た》難《なん》です。

3 蜜ちゃんの夏休み ストーキング編

時間は少々遡《さかのぼ》り、八月八日——午前十一時。

舞鶴蜜《まいづるみつ》は、ひとり電車に乗り、挟間市《はさまし》にある海水浴場へと辿《たど》り着いていた。

無論《むろん》、泳ぎたい訳《わけ》ではない。というかひとりで海水浴などそんな恥《は》ずかしい真似《まね》などできない。目的はもっと別のところにあった。

服装は白いワンピース姿。しかし、諸事情で二週間ほど前に左腕を失う怪我を負っていたから、義手を見られると目立つと思いその上にサマーカーディガンを羽織《はお》り、更《さら》には知り合いに見付からないようにと日傘《ひがさ》を差している。目立たないようにという配慮《はいりょ》ではあったが、実際問題、何だか深窓《しんそう》のお嬢様《じょう》っぽい格好で相当目立っていた。ちなみに本人は全然気付いていない。

そこまでしてここまで来たのには訳がある。

友人である、直川君子《なおかわきみこ》のこと。

二週間ほど前、蜜が左腕を失うことになった事件の際——諸事情あって、直川君子は、蜜の義姉《あね》である速見殊子《はやみことこ》の家に引き取られることになった。

で、それ以来、君子が殊子の家でどんな生活を送っているかが気になって仕方なくて、でも、蜜は殊子のことが大嫌いだから素直には尋《き》けなくて、だからあれ以来折に触れてはこうして、君子と殊子の後をこっそり尾《つ》けたりしているのだ。

少々経緯《けいい》がややこしいけれど、とにかく。

海水浴場へ降り立ち、雑多な人混みの中から目的の人物を捜す。

小一時間ほど経《た》ってようやく見付けた。

君子たちは、人気《ひとけ》の少ない岩場ではしゃいでいた。

「……海って、単にあんたが君子たちの水着姿見たかっただけじゃないのよ」

彼女たちの死角になったテトラポッドの陰《かげ》から頭だけを出し、蜜は、速見殊子の後ろ姿に向かって小さく呟《つぶや》く。防波堤の上に腰掛けつつ釣りをしていたおじさんがそれに気付き、ぎょっとした目で蜜を見た。

「……お嬢《じょう》ちゃん、何やってんだ?」

無防備に声を掛けたそのおじさんを、蜜《みつ》は微《かす》かに振り返って一瞥《いちべつ》し、

「煩《うるさ》いわね。殺すわよ」

いきなり『殺す』ときた。

おじさんは凄《すご》く微妙な顔をしたが、これは関《かか》わり合いにならん方が無難《ぶなん》だと判断したのか、再び釣り糸を海に向かって垂らした。

蜜はそんなおじさんにはまったく構わずに、ひたすら遠目で殊子《ことこ》と君子《きみこ》と、ついでに姫《ひめ》の三人の動向を監視《かんし》している。

「……何よへらへらしてあの変態」とか、

「そんなくっ付いてんじゃないわよ!」とか、

「あんたには姫島《ひめしま》がいるでしょう!?」とか、
ぶつぶつとひとりごとを呟《つぶや》きながら。

おじさんはちらちらと可哀想《かわいそう》な子を見るかのような視線《しせん》を蜜へ浴びせながら、いそいそと荷物をまとめ始めていた。賢明《けんめい》である。

一応、蜜にだって、ここまでやきもきするそれなりの理由はある。君子が殊子の毒牙《どくが》にかかってしまうのはどうしても避《さ》けたいのだ。

事情を知らない人間にとっては――ただのアレげな不審《ふしん》人物だったけれど。

やがて、そんな状況に変化が訪れる。

どういう経緯《いきさつ》か、楽しげに笑っていた殊子が、その両腕を姫と君子の肩に回し――どこかへ向かって歩き始めたのだ。

まるで、侍《はべ》らすようにして。

「……っあのバカ女……っ！」

蜜は沸点《ふってん》を迎えた。エベレストの頂上でお湯を沸かすよりも低い温度での沸点だった。普段《ふだん》から直情径行《けいこう》な彼女だったけれど、こと君子の件に関しては特に冷静さを失ってしまう。

茹《ゆ》だった頭で考える。

――これで底は見えたわ。

殊子は君子にも手を出すつもりなのだ。家で引き取って家族にするなんてのは所詮《しょせん》綺麗事《きれいごと》で、結局は自分の変態的な欲望に正直になった結果に違いない。このままでは、夏休みが終わる頃《ころ》には君子の頭にも盛大な百合《ゆり》の花が咲いて殊子の一挙手一投足に反応し顔を赤らめたり胸をときめかせたりしてしまうに違いなく、

「……許さでおくべきかっ！」

本来、殊子が誰《だれ》とどんな付き合いをしようが知ったことではないが――君子だけは別だ。

蜜は立ち上がり、日傘《ひがさ》をその場に放り投げ、くるりと背後を向いた。

クーラーボックスや釣《つ》り竿《ざお》を片付け終わりつつあったおじさんに、視線を遣《や》る。

おじさんは露骨《ろこつ》に目を逸《そ》らした。

「ちょっと、そこのあんた」

蜜《みつ》は構わない。

「あんたよ」わざわざ防波堤を駆け上り、真正面に立った。

「……な、なにかな?」

「それ、貸しなさい」

指差した先にあるのは、仕舞《しま》われようとしていた――釣《つ》り竿《ざお》。

「それ、というのは……?」

「それよ。決まってるじゃないの。丁度いいことにリール付いてるし。……糸の長さはどれくらいなの?」

「いや……あんた、そもそもこれを何に、」

「いいからさっさと答えなさいっ!」

蜜の表情に焦《あせ》りが翳《かげ》る。

背後をちらちらと見て、殊子《ことこ》と君子《きみこ》、そして姫《ひめ》を確認《かくにん》した。人が多い方へと――つまりは蜜から離《はな》れていっている。急がなければ。

「いや……百メートルくらいだと思うが……」

「上出来ね」

目算だが、相手との距離《きょり》は現在三十メートルといったところだろう。充分過ぎる。

おじさんはまだ躊躇《ちゅうちょ》していたので、焦《じ》れったいわねと思いつつ、竿を奪《うば》い取った。

「あ！　何を……っ⁉」

「これ、どうやるの？　使い方教えなさい」

「おい、待てよあんた、こっちが黙《だま》ってりゃいい気になりやがって……」

「十秒以内！　早く！　急がないと射程距離外に行っちゃうじゃないの！」

おじさんは数秒ほど口をぽかんと開け、しかし直後、唇を咬《か》んで説明を始めた。逆《さか》らわない方が無難《ぶなん》だということを悟ったらしい。愚鈍《ぐどん》そうな中年にしてはいい判断だと蜜は思う。

「ここをこうして投げればロックが外れる。だから、こう……」

投げ方の説明までしようとしたおじさんを遮《さえぎ》り、竿を奪い取って右手に持った。

「いいわ。わかった」

「……なにがわかったんだよ」

おじさんのぼやきは無視。

これを正式にはどういう作法で使うのかは知らないし興味《きょうみ》もない。

だけど——少なくとも、これは糸だ。

そして自分は、都合のいいことに、糸に関しては得意中の得意。

殊子は君子や姫たちを手で制し、海へと入っていた。どんなつもりなのかはわからない。が、ひとりで緑色《みどりいろ》の水中へと全身を沈めていく。

普通の人間ならば、水底に潜《もぐ》った人間の姿をこの距離《きょり》では目視できないだろう。

しかし、よく見える。

何故《なぜ》なら自分は、その程度に、普通の人間ではなくて——。

「覚悟なさい、殊子《ことこ》」

そして、蜜《みつ》は。

笑《え》み、滅茶苦茶《めちゃくちゃ》なフォームで竿《さお》を構え、

「思い知らせてやるわ！」

びゅん、と。

力の限り、それを振り抜いた。

リールが勢いよく回り、糸が空中へと飛ぶ。


——ちなみに。

蜜はけっこうな感じで頭に血を上らせていたから、殊子の近くにいた城島硝子《きじましょうこ》のことにはまったく気付かなかった。まさか来ているとは思いもしていなかったし、何より、特徴的な頭部のリボンを外していたのも原因かもしれない。

とにかく、上気した蜜の視界には、殊子しか映っておらず。

とにかく——悲劇《ひげき》が生まれたのは、必然だったのかもしれない。

姫《ひめ》と君子《きみこ》を人混みの中に紛《まぎ》れさせ、速見《はやみ》殊子はひとりゴーグルを着け、海へ潜《もぐ》っていた。

晶《あきら》は着替えに行ってしまったようで、どこにも見当たらない。

実に好都合だ。

標的は浮《う》き輪《わ》に掴《つか》まりつつ、危なげな挙動でぷかぷかと海に浮いている、城島硝子。

非常に慌てた様子《ようす》で森町芹菜《もりまちせりな》に何ごとかを叫んでいるのが海の中からでも聞こえる。衛生兵《えいせいへい》がどうとか、海難《かいなん》救助を求めますとか、トントントンツーツーツートントントンとか、普段《ふだん》の彼女からはあり得ない言動だ。余程《よほど》、海に不慣《ふな》れなのだろう。

……実に愛らしい。

殊子の悪巧《わるだく》み、その計画はこうだった。

まずは水に潜《もぐ》り姿を隠《かく》し、忍び寄ってから硝子のお尻《しり》を触る。

驚《おどろ》いた硝子が大慌てでひっくり返りそうになるのを、浮上した殊子が抱きとめる。

そして言うのだ。

「おや硝子《しょうこ》、奇遇《きぐう》だねえ」

とか、そんな、余裕の言葉を。

慌てた顔が間近で見られるかもしれない。ことによると、自分を頼ってしがみついてくれるかもしれない。その可能性は充分にあるし、そうでなくては悪巧《わるだく》みの意味がない。

不安げな表情で遠くから自分を見詰める姫《ひめ》と君子《きみこ》に手を振ってから、殊子《ことこ》は水の中へ潜《もぐ》った。

人間魚雷エロ一号発進だ。

水中を進みつつ、にひひとほくそ笑《え》む。口から空気が漏《も》れそうになるのを慌てて押さえ、殊子はすぐに、硝子の斜め下、足と太腿《ふともも》と腰がよく見える位置へと到達した。

正直、このまま三分くらい眺めていてもいい気がする。息が続けばだが。

忙《いそが》しく水を蹴《け》る硝子の足が可愛《かわい》い。

浮《う》き輪《わ》の向こうには、水着に押さえ付けられた胸。

白のスクール水着で、何故《なぜ》かゼッケンが縫《ぬ》い付けられていた。

しかも『きじま』と平仮名《ひらがな》で書いてある。

——……晶《あきら》クンの趣味《しゅみ》？

正直ちょっとマニアック過ぎて殊子にはよくわからない。というか軽く引いた。

最近テレビとかでよく言われる萌《も》えとかいう奴《やつ》だろうか？　そうだとしたらこれから先、晶とは距離《きょり》を置いた方がいいかもしれない。

まあ、可愛いし、いいか。

とにかく実行開始だ。

そう思い、まずは硝子の真下へ行こうとして、ゆっくりと両手で水を掻《か》こうとした。

まさに、その時だった。

それは、不意に。

ぐい、と。

背後から、引っ張られる感触がした。

——え？

悪戯《いたずら》かと咄嗟《とっさ》に思い振り返る。

誰《だれ》もいない。

しかし、相変わらず、自分を引っ張る変な力は続いている。身を捩《よじ》らせてみるが効果はなかった。突然の出来事に意味がわからず、水中ということもあってさすがの殊子も混乱する。

——なに？　どうなってんの？

引っ張られているのは、水着だった。よりによってチューブトップのブラ部分。前で結ぶタイプだったが、その結び目が解《ほど》けていく。

さすがに女の子だから、これには慌てた。

浮上しようと思う。だけど同時に、ここで自《みずか》ら出たら硝子に見付かってしまうとも思う。それに何より、誰《だれ》がどうやってこんなことをしているのかがわからない。

——まさか。

ついさっき、当の殊子《ことこ》が、君子《きみこ》に話したことを思い出した。夏休み前にクラスメイトから聴《き》いた噂《うわさ》だ。あまりにもバカバカしい話だ。

この海には、幽霊《ゆうれい》が出る。

——いやいやいやいやいやいや！

何を考えているのだ自分は。そんな非科学的な話は子供にしか通用しない。

でも、だったら、今自分の水着を引っ張っているこれは、一体なに？

軽くぞっとする背筋《せすじ》に加え、息がそろそろ苦しくなってきた。両腕で押さえたブラはいよいよ結び目が解《ほど》けてきて非常にまずい。海面には多数の海水浴客。このままではひとりヌーディストビーチだ。お嫁《よめ》さんにもお婿《むこ》さんにも行けない身体《からだ》になってしまう。そうなったら姫《ひめ》がもらってくれるだろうか？　無理だ。

夢中で、右腕で水着を死守しつつ、海底に出っ張った岩らしきものを見付ける。

それに縋《すが》ろうと左腕を伸ばした。

この期《ご》に及んで海面ではなく海底へ逃げようとしている自分が既《すで》に冷静さを失っていることには気付かない。大慌てだった。幼稚園の時分、サンタさんに扮《ふん》した園長先生がトイレで着替えているのを発見した時以来の狼狽《ろうばい》である。

──もうちょっと！

岩を掴《つか》んで身体を固定すればどうにかなる。あと三センチ。一センチ。

届いた。

しかし。

……ぬりゅ、と。

岩にはあり得ない、感触がした。

──え？

「……ごぱ？」ぽかんと開けた口から、呼気《こき》が泡になって洩《も》れた。

掌《てのひら》に伝わる、ぬるりとした柔らかさ。

そして、
そして──。

掴んだ指の隙間《すきま》から滲《にじ》み出てくる、海水とはまったく違った、濃《こ》い、しかもねとっとした、毒々しい色の液体。

それを見た殊子に。

さっきの、君子の声と姿が、フラッシュバックした。

ね、ひめひめ知ってるー？

アメフラシってね、
つっくと紫色《むらさきいろ》の汁がどばどば出るんだよー。
内耳《ないじ》で、無邪気な声がエコーする。
紫色の汁がどばどば出るんだよー。
紫色の汁がどばどば……
どばどば……
アメフラシってね、
アメフラシ……？

アメフラシ。

腹足綱後鰓目無楯亜目《ふくそくこうこうさいもくむじゅんあもく》アメフラシ科。

学名、Aplysia kurodai。

体長は、日本に生息するものでは十五センチほど。紫汁腺《しじゅうせん》という器官から粘りのある紫色、もしくは白や赤の液体を出すのが特徴。多くは濃《こ》い灰色《はいいろ》をしており、カタツムリのような触角があるにせよ、水中でぱっと見だと岩か何かにも見える。

——特に、慌てている時などは。

殊子《ことこ》の時間が、止まる。

敵に襲《おそ》われたと思ったのだろうか。手の中で、殊子の大嫌いな海洋軟体動物が、思っていたよりも遥《はる》かに力強く、ぶる、と動いた。

「……………がば、ぱばばばばばぶ！」

もはや水着も幽霊《ゆうれい》も硝子《しょうこ》の太腿《ふともも》もどうでもよかった。クラスでクールビューティーと呼ばれる自身の矜持《きょうじ》も吹き飛んでいた。ついでに、ひとりヌーディストビーチへの恐怖も。

全身をおぞましさが駆け巡る中、殊子は訳《わけ》もわからず頭上にあった浮《う》き輪《わ》を引《ひ》っ摑《つか》み、海上へ逃げようと引き寄せる。

海難《かいなん》救助用では決してない玩具《おもちゃ》の浮き輪が、いとも簡単《かんたん》にひっくり返った。

硝子ごと。

晶くんの夏休み
四面楚歌編

海の家の更衣室はそこそこの混み具合で、僕らは着替え終わるのに十分ほどかかっていた。

まあ、女連中は僕らを待ってもいないだろう。はしゃぎ回っているに違いない。

そんなことを考えながら、硝子《しょうこ》たちのところへ戻ろうとしていた最中だった。

「きゃあっ！」

「おい、あれ！」

「どうにかしろよ！」

「でも……！」

僕らがビーチパラソルを置いた場所の前に、妙な人だかりができていて、しかもちょっとした騒《さわ》ぎになっている。野次馬《やじうま》たちは全員、僕らから背を向け、海の方を見ていた。

「あ？　なんだ？」

頭の後ろに腕を回した良司《りょうじ》が、訝《いぶか》しげに背を伸ばした。

僕もなんだろう、と思うが、良司ほど背が高くなく、よく見えない。

「何の騒ぎなんだ？　良司」

だけど、僕が呑気《のんき》にそんなことを尋《き》けたのは——その一瞬《いっしゅん》だけだった。

「……晶《あきら》」

唐突《とうとつ》に、呆然《ぼうぜん》と。

良司の声音《こわね》が変わる。

「大変だ……鴛野《おしの》たちが溺《おぼ》れて……」

——え？

溺れてる。

鴛野が？

その単語が僕の中で意味を持った刹那《せつな》。

「……行くぞ！」僕は反射的に、走り出した。

続いて良司も。

「どいてくれ！」

何故《なぜ》そんなことになってるんだろう。とにかく急がなければ。僕と良司は人混みを力任せに掻《か》き分けて、波打ち際《ぎわ》に出る。

そこには、異様な光景が広がっていた。

海中でもがき、大暴《おおあば》れする見知らぬ女の子。

それに引き込まれたのか、必死で身体《からだ》を海面に出そうとしているのは、恐らく鴛野在亜《おしのありあ》。

そして、逆《さか》さまになり足だけを出して、その足を空中で、酔っ払いのシンクロみたいにばたつかせているのは――あれは――。

「……硝子《しょうこ》？」

「あっちゃん！」ワニの上に乗って、絡《から》まりながら溺《おぼ》れる集団に必死で手を伸ばそうとしていた芹菜《せりな》が、僕に気付いて大声をあげた。

訳《わけ》がわからない。

わからないけれど――、

「……どうなってんだよ！」

僕と良司《りょうじ》が海へ走り込んだのは同時だった。

「お前は鴛野を！」

「おうっ！」

走りつつ腕を掻《か》き、寄る。足は付くか付かないかといった程度の深さだった。だけど溺れている人間に水深は関係ない。暴れ回る集団の中へ分け入り、硝子の身体を抱き、

「おい、しっかりしろ！」叫ぶ。

返事はない。

だから咄嗟《とっさ》に、ダイレクトリンクで確認《かくにん》した。この世界の住人ではない硝子と僕とを結ぶ、不可視の糸。それを手繰《たぐ》れば、純粋に情報として、彼女の身体と、体内裏面《りめん》空間に内蔵《ないぞう》された機械《きかい》の本体がどんな状況かはわかる。

入ってきた情報。

本体は混乱のため外部知覚機能を一時スリープ。有機体の生命維持機能のみを稼働中《かどうちゅう》。

有機体は気絶。

ただし、生命の危険――なし。

取《と》り敢《あ》えずは安心だ。でも、かと言ってこのままにしておく訳《わけ》にもいかない。

未《いま》だ暴れている見知らぬ女の子らしき身体は取り敢えず無視して、僕は硝子の顔を水面上へと引き上げた。ぐったりしているが、大丈夫。

「……ふう」

見れば良司も鴛野を助け出していた。こちらは意識《いしき》があって、別に大事には至っていない。

「大丈夫か？」

「……うん」

尋《き》いた良司に抱きついているのはどさくさに紛《まぎ》れてなのか、本当に安心したのか。

とにかくあとは、この、上がどっちかもわからずにもがいている身元不明の女だけ。

「硝子《しょうこ》は大丈夫。息もしてる」

と、硝子の脇《わき》を支えて身体《からだ》を芹菜《せりな》に預けようとした直後だった。

「うわ！」

「何だっ!?」

野次馬《やじうま》たちの頓狂《とんきょう》な声。

見れば、彼ら彼女らを押《お》し退《の》けて、ざぶざぶと水に入ってくる白い服の少女が——いた。

しかも、見覚えのある、と言うか、

「……舞鶴《まいづる》？」舞鶴蜜《みつ》、だ。

何故《なぜ》こいつがこんなところにいるのだろう。しかも、水着でもないのにこっちに向かって泳いでくるのだろう。まったく意味がわからない。

頭の中にクエスチョンマークが半ダースほど浮かぶ。

舞鶴は、

「ちょっ、あんた、なに溺《おぼ》れてんのよっ！」

泳ぎながら叫ぶと、まるでイルカのように身元不明少女の身体の下へ潜《もぐ》り、

「……っのっ！」突き上げる。

「が！　ぶはあっ!!」突き上げられた少女は大きく息を吸い込むと、

「は！　…………え……？」

自分が何故息ができるのかよくわからないといった調子《ちょうし》で、蜜に抱きとめられながら、ゆっくりと瞼《まぶた》を開けた。

そして僕の頭の中のクエスチョンマークは、半ダースから一ダースへと倍増する。

「ふざけんじゃないわよ！　この程度で！」

「あれ……みっ……ちゃん？」

「殊《こと》……子《こ》？」

身元不明と思っていたのは、これもまた、僕のよく知っている人物。

確《たし》かにさっき、着替えに行く前に、人混みの中に見たような気はした。

だけどまさか本当に……ってか、なんで僕のいない間にこうなってんだ？

「殊子先輩《せんぱい》！　硝子！」

「先輩ー！　硝子ちゃんー！」

そして更《さら》に海岸からは、こっちを心配そうに見ているふたりの少女。

姫島姫《ひめしまひめ》と、直川君子《なおかわきみこ》――。

もう意味不明だった。

「どうなってんだよ……これ」

訳《わけ》がわからず呟《つぶや》いた僕を無視し、舞鶴は自分の両腕を回した殊子の耳許《みみもと》で叫ぶ。

「まったく……冗談《じょうだん》じゃないわよっ！」

「おい舞鶴《まいづる》。お前なんでこんなところに……」

「煩《うるさ》いわね！　ちょっと釣り糸引っ掛けたくらいでこんな無様《ぶざま》なことになるなんて、私だって思わなかったわよっ！」

問うた僕に舞鶴の返事は要領を得ない。

「は？　それってお前……」

「だからまさかこんなことになるなんて思わなかったって言ってんでしょ!?」

よくわからない。

よくわからないけど――、

「ええと、ひょっとしてお前が泳いでる殊子《ことこ》に悪戯《いたずら》でもしたのか？」

「煩いっ！」

どうも冷静さを失っているらしい。

僕は更《さら》に尋《たず》ねる。

「お前が悪戯して、殊子が溺《おぼ》れたのか？」

「何よ！　悪い!?」

「……で、溺れたのを見て、慌てて助けに来たのか？」

「何よ！　……って、……え？」

僕の推論《すいろん》に、舞鶴はようやく、自分の言動を自覚したらしい。

「……………………………………あ」

海水に浮き沈みしながら、何かに気付いたようにはっとする。

舞鶴は、つまり。

殊子に何らかの嫌《いや》がらせをして。

そのせいで殊子が間抜けにも溺れて。

しかも硝子《しようこ》たちを巻き添えにして。

だから慌ててしまい、殊子を助けようと、思わず着の身着のまま海に飛び込んだのだ。

しかも尋《き》かれてもいないのにべらべらと、犯行を自供までして——。

「お前……けっこうお茶目《ちやめ》だな……」

舞鶴は、見る間に顔を真《ま》っ赤《か》にし、

「……、…………、……しまった……！」

そう、小さく呟《つぶや》くや否《いな》や。

「わ！　っぷ！　あ、みっちゃん!?」

殊子をその場に放り出し、脇目《わきめ》も振らずに海岸へとあがり、そのまま野次馬《やじうま》たちを突き飛ばすと全速力でどこかへ逃げ出していった。

「なんだあいつは……」あのまま帰る気だろうか。というか何しに来たんだろう。

舞鶴を見送る僕へ、良司《りようじ》が困惑《こんわく》したような声で尋ねた。

「なあ晶《あきら》……これ全部お前の知り合いか？」

「いや、まあ……僕のまったく意図しないところではあるんだけど……」

良司《りょうじ》が妙に顔を赤くしているのは、鴛野《おしの》が抱きついているからだろうか？

などと思いながら、逃げていった舞鶴《まいづる》に呆然《ぼうぜん》としている殊子《ことこ》を見て、良司が顔を赤くする理由がもうひとつあることに気付く。

支えを失った殊子は、浮力に任せて、半ば仰向《あおむ》けのような形で水に浮いていた。

そして――、

「……おい……殊子」

「うう、何だったんだろみっちゃん……」

「お前、まずはもう一回水に潜《もぐ》れ。深く」

「って、え……なんで……？」

「殊子先輩《せんぱい》、もうっ！」姫島《ひめしま》が叫んでいる。

「……は？」それを受け、気付いたように、殊子が自分の胸を見た。

「……あ」

殊子の胸は、水着が取れてトップレス。

運のいいことに、大事な部分には非常に上手《うま》い具合に、硝子《しょうこ》の水着から取れた『きじま』というゼッケンがへばりついていた。

って……これは運がいい……のか？

「……っ……きゃあっ！」

殊子の女の子らしい悲鳴はこれで二度目だな、と、僕は疲労感の中で思った。


ともあれ。

どういう経緯《いきさつ》でこうなったのかはわかったようなわからないような感じだったけれど、溺《おぼ》れかかっていた全員は助け出された。

僕はその中で唯一意識《いしき》を失っている硝子を、砂浜へ、仰向けに寝かせる。

実際のところ、僕は不安をそれほど感じてはいなかった。

本体は有機体《ゆうきたい》の危険を知らせてきてはいないし、呼吸や心臓《しんぞう》が止まっている訳《わけ》でもない。

だけど——この光景を見ているのはそうでない人ばかりで、しかも硝子の知り合いはそれはもう凄《すご》い勢いで狼狽《ろうばい》している者が殆《ほとん》どだった。彼女たちに僕の安心は伝わらないし、大丈夫だと言ったとしても、その根拠をこの場で説明する訳《わけ》にもいかない。

「ちょっとあっちゃん！　硝子ちゃん……どうしよう……」芹菜《せりな》は僕に縋《すが》り付いている。

「おい……晶」良司は不安げな表情だ。

「ねー、大丈夫なのー……？」直川君子《なおかわきみこ》はおろおろして、姫島姫《ひめしまひめ》の手を握っている。

姫島は無言で、どうなんですか？　と問いたげに僕を見ていた。彼女は硝子の正体を知っているのだ。僕が微《かす》かに目だけで頷《うなず》くと、安心したように大きく息を吐いた。

殊子《ことこ》は隅《すみ》で申《もう》し訳《わけ》なさそうに縮《ちぢ》こまっていて、失《な》くしたトップの代わりに姫島《ひめしま》が調達《ちょうたつ》してきたTシャツを着ていた。

だから僕は、座って硝子《しょうこ》を見下ろし、頬《ほお》をぺちぺちと叩《たた》きながら、声をかける。

「おい、起きろ」

返事はない。が、ちゃんと呼吸はしているし、取《と》り敢《あ》えずは心配ない——と、皆に告げようとした、その時だった。

「おい、人工呼吸した方がいいんじゃないか？」僕らの周囲に群がったギャラリーというか野《や》次馬《じうま》のひとりが、唐突《とうとつ》にそんなことを言いやがったのだ。

「……は？」人工呼吸も何も、硝子はちゃんと自分で息をしているし、言ってみればただ眠っているだけに等しいのに。

けれど、

「そうだよ」

「だよね」

「早くしないといけないんじゃない？」

「そうだよ、急げよ、彼氏」

「そうそう」

次々とギャラリーたちから声があがっていく。これはひょっとして善意で言ってるのだろうか。それともノリか。わからない。どっちにしても厄介だ。

「いや、だから……」

僕は説明しようと口を開こうとした。が、

「早く！　手遅れになってからじゃ遅いんだぞ！」

「やったことあるのか？　やり方わかるか？」

「まず顎《あご》を上げてだな、それから……」

無責任な群衆は止まらない。

「さあ、急げ！」

「彼氏なんだからしっかりしろよ！」

……彼氏じゃねえよ。

第二次大戦中のファシズム国家が敗北主義者を弾劾《だんがい》するような雰囲気はこんな感じだったのではないかと思わせるような空気だった。

「あっちゃん……」

挙げ句、芹菜《せりな》までが不安げに僕を見始める。

「いや、大丈夫だよ。ちゃんと息してる」

せめて芹菜には説明しながら、僕は再び硝子の頬をぺちぺち叩く。

「ホント？　よかった……」

芹菜《せりな》は安心したように身体《からだ》の力を抜いた。

「ほら、目、覚ませ」

……とかやってると、

「おい、息してても海水飲んでるかもしれないじゃないか？」

僕の言葉を聞きつけた誰《だれ》かが、突然そんなことを言った。

それを契機《けいき》に、再び。

「そうだ」

「そうよ」

「人工呼吸した方がいいって」

「そうだ」

「そうだ！」

僕は頭を抱える。

——最悪だ。

というか海水飲んでたら人工呼吸って何だ。意味がわからない。

「人工呼吸だって」

「マウストゥマウスよ」

「そうだよ」

「ちゅーだちゅー」

「やれ！」

「むしろ舌入れろ！」

「そのまま掻《か》き回せ！」

……ちょっと待て。

「おい?! あんたら楽しんでないか!?」

僕は叫び、群衆たちの方を睨《にら》む。

全員が全員、そっぽを向きやがった。

「……まったく……！」

危機感がないというか、二度目以降はわかってて言っていたのだろう。

「おい、目、覚ませ」僕はもう一度、硝子《しょうこ》の顔を覗《のぞ》き込み、頬《ほお》を叩《たた》いた。

「お、ついにちゅーか！」

「いけ！」

「そこよ！」

「男を見せろ！」

「しねぇよ！」

振り向いて毒づきながらも妙に意識《いしき》してしまった。いや、変なことを考えるな。と。

そんなことを思っていたら。

「……え？」

ぱちり、と。

丁度、僕の顔と硝子《しょうこ》の顔が最も近付き、向き合ったその最悪のタイミングに。

硝子が、目を開け、

「……何をしているのですか、先輩《せんぱい》」

しかも微妙に誤解を招くようなとぼけたことを、開口一番、囁《ささや》いた。

「うわあっ！」

思わず声をあげ、僕は顔を引《ひ》き離《はな》す。

「ええと……これは……」

硝子が無表情で起きあがる。

群衆たちが、ち、とあからさまに舌打ちする。

「あ、惜しい！」姫島姫《ひめしまひめ》の声が背後で聞こえた。お前もかよ。

「あの、私……」

のそりと起きあがりつつ、

「え……？」

周囲を見渡し、状況を理解しているのかいないのか——よりにもよって無言で、自分の唇を、指先でそっと撫《な》でた。

その予期しない仕草《しぐさ》に、僕の頬《ほお》が熱《あつ》くなる。

横目でふと、何とはなしに芹菜《せりな》を見た。

芹菜は——りなちゃんは。

安堵《あんど》の表情で息を吐きながら、硝子《しょうこ》の顔を一瞥《いちべつ》する。

その視線《しせん》が硝子の唇に集中していたように見えたのは、僕の気のせいだろうか。

硝子ちゃんの夏休み エピローグ

それから。

目を覚ました私は、平謝《ひらあやま》りに謝る殊子《ことこ》さんから、一応の事情を聞きました。

私を驚《おどろ》かそうとして水に潜《もぐ》ったこと。

丁度タイミング悪く、舞鶴蜜《まいつるみつ》の悪戯《いたずら》を受けたこと。

それによって溺《おぼ》れてしまい、思わず私の浮《う》き輪《わ》を掴《つか》み、転覆《てんぷく》させてしまったこと——。

ちなみに鴛野《おしの》在亜《ありあ》さんは、もがく私が無意識《むいしき》に掴んで海中に引《ひ》き摺《ず》り込んでしまったようです。こちらは私が彼女に平謝りに謝る番でしたが、鴛野さんは笑って許してくれました。ちょっといい思いもできたし、と。

その意味はよくわかりませんでしたが、とにかく――まぁ全員無事で済んだことですし、結果オーライという奴《やつ》でしょう。

殊子さんと蜜に貸しもできましたが、こちらはいつか何らかの方法で返してもらうことにしました。しばらくは殊子さんも私をからかうことができないでしょうし、立場逆転です。骨の髄《ずい》までしゃぶってやります。

ともあれ、偶然《ぐうぜん》にもきみちゃんやひめひめが来ていたということを知った私は、午後からは彼女たちと行動を共にすることにしました。

砂浜でお城を作ったり、トンネルを掘ったり、ビーチバレーをしたり。……いえ、懲《こ》りたので海では泳ぎませんでしたが。

殊子さんはパシりかつ玩具《おもちゃ》です。砂浜に首まで縦埋《たてう》めして写真も撮《と》りました。ついでにそのまま焼きそばも食べてもらいました。砂の圧力で上手《うま》く呑《の》み込めなかったそうです。ひめひめがいい気味よちょっとは懲りなさいよ、と、せせら笑っていたのが印象的でした。

マスターたちはクラスメイト水入らず、海で泳いだりしていたようです。

……まあ、今回はこれでいいと判断します。

また家に帰ったら、ふたりで行くことは約束させる必要がありますが。

そして——。

夕方になり、帰る時間になりました。

罰《ばつ》として荷物持ちをさせられている殊子《ことこ》さんを後目《しりめ》に、ひめひめときみちゃんとは、今度は八重《やえ》さんも交えて一緒《いっしょ》に来よう、と約束してから別れます。敷戸《しきど》先輩《せんぱい》と鴛野《おしの》在亜《ありあ》さんは、何やらふたりで話すことがあるということで現地解散。よって私は、マスターと、それから芹菜《せりな》先輩と三人で、家に帰る方向の電車へと乗り込みました。

そうそう、関係ないですが——駅では、佐伯《さえき》ネア先生に会いました。と言うよりも目撃《もくげき》したと形容した方が正しいでしょうか。

いつもの、濃《こ》いくまを浮かべた両目を澱《よど》ませ、猫背でのろのろと歩きながら、今から自殺しに行きますといったような気配《けはい》で改札を出てきたのです。

そして私たちには気付かず、海水浴場の方へふらふらと歩いていきました。

声をかけようかとも考えたのですが、やめておきました。

佐伯先生はいつもの白衣姿だったのですが、その——白衣の下に黒ビキニという、とてもアレなスタイルでしたので。

あの姿で電車に乗っていたのでしょうか？　というか、まさかこれから泳ぐ気でしょうか？

——日が暮れたら、幽霊《ゆうれい》か何かと間違われてしまうような。

さすがに溺《おぼ》れたり遊んだりしただけあり、身体《からだ》には疲労が蓄積《ちくせき》しています。帰ったら夕食は手抜きにしつつ、デザートのプリンを食べて早めに就寝《しゅうしん》することにしましょう。

マスターも疲れたのか、電車の中でうとうとと居眠りを始めました。

それに気付いた芹菜先輩が、私に向かって、小さな声で言います。

「子供みたいだね、あっちゃん」

「まったくです」

電車の中に乗客はまばら。

座席には私、芹菜先輩、マスターの順で座っています。

「こうしてると、あんま変わってないみたいに見える」

「子供の時からですか？」

「うん、そう」芹菜先輩は、俯《うつむ》いて船をこぐマスターのおでこを、えい、と突きました。

マスターは気付かず、起きません。

「昔ね、あたしとあっちゃん、ふたりで電車に乗って出掛けたことがあったの」

「そうなのですか？」

懐《なつ》かしそうな声は、どこか遠くに向けて話をしているようでした。

「その時も、帰りにこうやって、ひとりで寝ちゃって。あたしはまだまだ元気いっぱいだったのに。つまんなかったな」

「起こさなかったのですか？」

「もちろん起こしたよ。引っぱたいて、何寝てんのよ！　って、さ」

快活な笑顔《えがお》はしかし、マスターを気遣《きづか》っているのか控えめです。

「では、今日《きょう》は？」

「起こさないよ。そこが昔と違うところかな」

芹菜先輩《せりなせんぱい》と、マスター。

ふたりは幼い頃《ころ》からの友人同士です。

私がこの世界に来るよりも遥《はる》かに前から、多くの時間と空間を共有してきたふたり。

そこにはやはり、私にも入る隙間《すきま》がないのかもしれません。

たとえ、マスターを『固定剤《リターダ》』として多くのものを奪《うば》うことでこの世界に居座《いすわ》った『虚軸《キャスト》』である私であっても——芹菜先輩の心までを奪うことはできないのですから。

そう思った直後、有機体《ゆうきたい》の心臓《しんぞう》が、僅《わず》かに速度を上げました。

——この感覚は何でしょう。

マスターと芹菜先輩との関係を決定的に壊《こわ》していない安堵《あんど》か。

或《あ》いは、もっと別の、逆の——？

わかりませんでした。

私の感情はまだ未熟《みじゅく》で、それは普通の人間と比べても、幼稚で。

だからこの、胸の中に広がる何かの正体を、はっきりと確定《かくてい》することができません。

「ね、硝子《しょうこ》ちゃん」

沈黙《ちんもく》している私に、芹菜先輩が再び言葉を紡《つむ》ぎました。

「あのさ。今日の昼間のことだけど」

彼女は私ではなく——私を見ず——目の前に流れる景色《けしき》を、じっと眺めています。

「昼間？　何でしょう」

「あのさ、溺《おぼ》れちゃった時のこと」

「……はい」

昼間のこと。

私には、その前後の記憶《きおく》が曖昧《あいまい》でした。

突然の出来事に本体回路が一部スリープを起こし、有機体が昏倒《こんとう》している間の外部情報が記《き》録《ろく》されなかったのです。

だから私が覚えているのは、目を開いた時の光景。

視界いっぱいに広がる、マスターの顔で——。

「そういえばあの時……この人」

疑問に思い、私はマスターを一瞥《いちべつ》しました。逆に、芹菜先輩に問います。

「私に人工呼吸とかしたのですか？」

「さて、どうでしょう」

芹菜《せりな》先輩《せんぱい》は笑い、

「硝子《しょうこ》ちゃんはさ、どっちがいいの？　したか、してないか」

「人工呼吸って、キスに入るんでしょうか？」

「じゃ、もしもキスに入るとしたら」

「そう……ですね。そうなるとファーストキスになりますから……」

私は、マスターの寝顔を覗《のぞ》き込み。

次に、芹菜先輩の、表情の読めない瞳《ひとみ》を真《ま》っ直《す》ぐに見詰め。

それから、目を閉じて。

い、い、い、
昔のことを、思い出しました。


――昔。

それは、私がマスターと出会うよりも前。

この世界に来るよりも前。

ただの機械《きかい》であった頃《ころ》のこと。

この身体《からだ》の本来の持ち主である少女との記憶《きおく》。

あの、私が生まれた世界で、
最後に生き残った人間であるあの娘《こ》との、
最後の会話。
そして約束——。

目を、開けます。

「もしも……もしもキスに入るんなら」

「入るんなら？」

僅《わず》かに緊張《きんちょう》した様子《ようす》の芹菜先輩に、私は答えました。

「入らなかったことにします。ノーカンです」

芹菜先輩は、それを聴《き》き、一瞬《いっしゅん》だけきょとんとした後、可笑《おか》しそうに破顔《はがん》して、

「……ふふ、何それ」

そっか、と。ひとり納得したような、安心したような、だけど同時に何かを再確認《さいかくにん》したような——そんな声で呟《つぶや》きました。

「それじゃ、ノーカンだね」

「というか芹菜先輩、実際のところどうなんですか？　私、まさか本当に人工呼吸で目を覚ましたのですか？」

「さあ、どっちでしょう」

「教えてくださいよ」

「あっちゃんに尋《き》いてみたら？」

追及する私に芹菜《せりな》先輩《せんぱい》は意地悪です。

「もう……わかりました。では帰ってからじっくり問い詰めようと思います」

「そうしなさい」

けらけらと笑う芹菜先輩に口を尖《とが》らせつつ、私はさっき彼女がそうしたように、電車から見える景色《けしき》を眺めました。

外は夕焼け。

青色と赤色が入り交じっています。

それはまるで、私が最後にあの娘《こ》と見た、あの空とよく似ていて。

まるで、世界が終わった日の空のようで。

私は、だから。

彼女に——今ではもう身体《からだ》しか残っていない彼女に、心の中で問い掛けました。

私の、あの世界での、最初で最後の、友達。

どうですか？　楽しいですか？

私、上手《うま》くやれていますか？

返事はありません。
だけど彼女ならきっと、こう言うでしょう。
まだまだよ、と。

第5話
保健教師のいけない休日

れじみる。

ガッ
あ
痛っ
大丈夫!?
血が出てる
消毒しなきゃ
保健室へ…
えっ
い
いいです
大丈夫です
保健室は
だめやめて保健室はいやあああぁぁぁ
なにごと?
一年生ね
毎年の風物詩よね
そのうち慣れるって
上級生たち
……
佐伯ネア
不気味だからなあの人
外見だけじゃないわよ
私立狭間学園
保健教師にして
虚軸《ゆらゆら》【アンノウン】
気がついたら隙間に入って「の」の字書いてるよな
いっつもいっつも血だの肉だの内臓だのブツブツブツブツと……
超自虐的ですしね
ほっとくと自殺しかねません
悪趣味極まりないわよ
・すきなもの
血とか内臓とか断末魔の声とか
・苦手なもの
スプラッタ映画

ま
実害はないからいいんじゃない
まぁまぁ
実際
血とか傷口とか見ると気絶しちゃうわけだし
そりゃそうだけど
そもそもあの人なんであんな風になったんだろう
私の演算能力をもってしても解析不能です
生まれつきでしょうか
過去に何かあったとか
休日とかどうしてるんだろうね……
……謎だ
………
ネガティブ ネガティバー
うーーーん
そうだ
里緒は佐伯先生と仲いいだろ
何か知らないか？
そうです
え？
里緒？
そうだね
ずいっ
里緒は
大好きだよネアのこと
ねっ小町♥
にゃ～
にっこり
いやあのそういう話ではなく
狭間学園 保健教師 佐伯ネア
謎は深まるばかりである——

1. 疑惑の始まり

それは、いつもの一日が終わろうとしていた、そんな夜のことでした。

夕食と入浴を済ませた後のリラックスタイム。制服を脱ぎパジャマに着替え、テレビ画面には先日録画《ろくが》していたサスペンス番組。そしてテーブルの上には風呂《ふろ》上がり用プリン。

ちなみにこれは先日発売された『いちご練乳《れんにゅう》のパーフェクトプリン』なる新製品で、一個三百二十円というコンビニに並ぶものとしてはかなり高価格な、練乳を混ぜ込んだプリンにストロベリーソースをトッピングした逸品でした。

更《さら》に言うならサスペンス番組は開始十六分。崩壊《ほうかい》寸前の人間関係が提示され、化粧の濃《こ》いグラマラスな社長秘書が愛人である社長の財産を狙《ねら》うという事件の前兆が起きかかっていて——私は一日の疲れを癒《いや》すための時間に、この有機体《ゆうきたい》と体内裏面《りめん》空間に収納された本体の両方とを集中させていたのです。

とにかく、そんな時。視線《しせん》をテレビに、右手のスプーンで掬《すく》ったプリンの欠片《かけら》を口に運ぼうとしていたまさにその瞬間《しゅんかん》でした。

唐突《とうとつ》に、居間のテーブルに置かれた携帯《けいたい》電話が、音をたてながら振動し始めたのです。

私のものではありません。テレビ観賞中《かんしょうちゅう》に着信音をオンにしておくような不手際《ふてぎわ》をする訳《わけ》がありません。マスターの携帯電話です。

持ち主は現在呑気《のんき》に長風呂中。

即刻電源を叩《たた》き切ってやろうかと思考しましたが、すんでのところで留《と》めました。

というのも、着信音が——グループ指定のものだったからです。

シューベルトの『魔王《まおう》』。こんなものを着信音に選《えら》ぶマスターの趣味《しゅみ》は理解不能ですが、ともあれそのメロディが電話から流れているということは、即《すなわ》ち、かけてきているのは私の知り合いでもあるということ。

——『虚軸《キャスト》』。

或《ある》いは、緊急《きんきゅう》の用事かもしれない。私はそう判断し、電話を開きました。

画面に出た名前は、私たちの通う挟間《はさま》学園の保健教諭《ほけんきょうゆ》である女性のもの。

虚軸《キャスト》である彼女はしかし、私たちとは比較的接触が少ない人でもありました。

「……珍しいですね」

呟《つぶや》きながら、私は通話ボタンを押しました。

「もしもし」

『……その声……硝子《しょうこ》さんかしら？』

耳許《みみもと》のスピーカーから聞こえてきたのは、ぼそぼそとしたやや低いローテンションな声。間違いなく佐伯《さえき》ネア先生のものです。

「はい、硝子《しょうこ》です」

『これ、晶《あきら》さんの携帯《けいたい》じゃなかったかしら』

「そうですが、マスターはただいま入浴中です。緊急《きんきゅう》なものである可能性を考慮《こうりょ》して電話を取りましたが、もし違ったらすみません」

『そう……入浴中なの』

がっかりしたような返事です。しかしこの人の場合、マスターがお風呂《ふろ》に入っていることにがっかりしたのか、そもそも人間という生物がこの世に存在することそれ自体にがっかりしているのか今ひとつ判断が付きません。そういう人なのです。

『知ってる？　硝子さん。保温式のお風呂で死んだ身体《からだ》をそのまま一カ月ほど放置するととても凄《すさ》まじいことになるのよ』

ほら。

そしてそのままのがっかりしたテンションでくすくすと笑い始めました。電話開始十秒で私は置いてけぼりです。……まあ、いつものことではあるのですが。

『……ところであなたたちのお家《うち》のお風呂に保温機能《きのう》は付いているのかしら……？　だったら素敵《すてき》ね。今こうしている間にも晶さんの死体はゆっくりとお湯を……』

「いえ、マスター死んでませんから。……佐伯先生、用件は緊急なものですか？」

『そうね、緊急じゃなかったらわざわざ私が晶さんの携帯電話にかける意味はないわ』

「どういうことですか、佐伯先生」

その言葉を聞き、姿勢を正します。

私たち『虚軸《キャスト》』にとっての緊急の用事。

それはつまり、殺し合いに彩られた非日常を意味するのですから。

『……そうね……晶さんに尋《き》こうと思ってたけど、この際だから硝子さんでもいいわ』

「何でしょう。マスターには私が伝えますから、話してくださって構いません」

私は佐伯先生を促《うなが》しました。

……しかし。


『ねえ硝子さん』

「はい」

『猫と兎《うさぎ》、どっちが好き？』

「…………………はい？」

続いた言葉に、私の思考回路がナノセカンドほど停止しました。

『だから、猫と兎よ。硝子さんはどっちが好きなのかしら』

「ねこと、うさぎ？」

『そうよ』

「あの……ねことうさぎ、と言うと……所謂《いわゆる》にゃんことぴょんこですよね」

『あら硝子《しょうこ》さんどうしたの？　幼児退行？　でも幼児語じゃなくて英語で言うとキャットとラビット。で、どっちが好きなのかしら』

ええと、これは何の暗号なのでしょう。

緊急《きんきゅう》の用事と言うからには、虚軸絡《キャストがら》みの事件が起きたのかと危惧《きぐ》していたのですが——。

「あの、佐伯《さえき》先生」

『なぁに？』

「……まさか……用件、それだけですか……？」

『ええ。重要なことなの』

「それを尋《き》きたいがために？」

『ええ。重要なことなの』

「確認《かくにん》しますが、敵として虚軸《キャスト》が現れたとか、身の危険が迫っているとか、そういうことはまったくないのですか？」

『ないわね。でも重要なことなの』

三回も同じ返事を！

私は数秒ほど呼吸を止め……それから大きく息を吐きました。

初めて出会った頃《ころ》からずっと疑問だったのですが、この人はいったいどんな人生を送ってきたのでしょう。虚軸《キャスト》が寄生したとかそういう問題ではなく、幼少期に頭部を不思議《ふしぎ》な角度で強打した可能性が高いです。佐伯先生はこちらの哲学的な自問自答に気付かず、受話器の向こうでぶつぶつと、呪詛《じゅそ》のように呟《つぶや》いています。

『……うふふふふ。実はね、私としては兎《うさぎ》だと思うのよ。まずは寂《さび》しいと死ぬっていうのがいいじゃない。生物は本質的に孤独なのに、寂しいと死ぬなんて最高よ……あ、あと、追い詰められた子供がカッターナイフを持って侵入するのは兎小屋だって相場は決まっているでしょう？　あのつぶらな赤い瞳《ひとみ》が怯《おび》えと共に細められるのって素敵《すてき》だと思わない？　でも、それを言うなら猫を袋に入れて高速で振り回した時の断末魔《だんまつま》も素敵らしいわね。精神的に逝《い》っちゃった子供がナイフを持って探し回るのは猫だし……ああ、やっぱり私には決められな』

ぶつん。

私は無言で通話を切りました。

しかし七秒後に再度着信。

「……もしもし」

『ああ、何か電波の調子《ちょうし》が悪かったみたいね』

「佐伯先生の電波は絶好調のようですが……」

……いつもなら「いきなり切るなんてやっぱり硝子さんは私みたいなクズと話なんてしたくないのね」とか言ってきそうなものなのですが、なんでこんなにポジティブなのでしょう。

「しかし佐伯《さえき》先生……そもそも私に好き嫌いを問われても。私にはそのような感情は……」

三次元での活動体には人間の身体《からだ》を使っていますが、私は思考の殆《ほとん》どを本体の機械《きかい》部分で行っています。機械には感情などなく、もちろん、好きも嫌いもありません。

『……そう……困ったわね。じゃあピンと来た方を選《えら》んでもらって構わないわよ。くすくす』

「ピンとも来ません」

『適当に決めていいのよ。私としては判断を第三者に委《ゆだ》ねられればそれでいいの』

言わば私は、籤《くじ》の役目を授かったという訳《わけ》ですか。いえ、授かったのは私ではなくてマスターなのですが……マスターの電話に出るのは金輪際《こんりんざい》よしましょう。

ともあれ、決めないことには何度もしつこくかけてきそうです。私はルールを即座に作成して、壁《かべ》の時計を確認《かくにん》。

現在の時刻は八時十八分十五秒。体内時計より六秒進んでいました。

「じゃあ、猫で」

遅れていたら兎《うさぎ》でしたが、どちらでも差異などないのだからこれでOKです。

『そう、猫ね。猫……うふふ。なるほど素敵《すてき》だわ。ありがとう硝子《しようこ》さん、助かったわ』

「それはどう致しまして。でも……何故《なぜ》、唐突《とうとつ》にそんなことを？」

何やら解決した様子《ようす》でしたので、私は疑問を投げ掛けます。

『……長い間の悩みがね、解決したのよ……』

対する返事には主語が欠落していました。

『つい昨日《きのう》のことよ。これでもう私は自由自在なの。だからまずは猫か兎かを試してみようって思って。でも自分じゃ決められないじゃない？　晶《あきら》さんに決めてもらおうと思ったのよ、うふ、ふふふふふふふ』

しかし返答は意味不明です。ええと、それはどういう……。

『……まあ、判断を第三者に委ねた、その既成事実で私は満足。だってそうすれば少なくとも私の責任は軽くなるでしょうし』

――『悩みが解決』。

――『猫か兎を試す』。

――『責任』。

言葉の断片と、佐伯先生の性格や性質、そこから予測される『悩み』とは何か。

その結論《けつろん》は即座に、遅延《ちえん》なく導《みちび》き出されました。ました……が。

あれ……ひょっとしてそれは、非常に問題があるのではないでしょうか……？

「佐伯先生、あの、もしかして……」

『ありがとう。じゃあね硝子さん。うふふふふ。ふふふふ。くすくすくすくすくすくす……』

「あ、ちょっと待っ」

ぶつん。

こちらの制止を無視して、佐伯《さえき》先生からの通話が一方的に切れました。

即座にかけ直しますが今度は不通。どうやら別の誰《だれ》かと話し中のようです。

「ん？　どうした、硝子《しようこ》」

湯上がりのマスターが頭をぞんざいにタオルで拭《ふ》きながら居間へと入ってきました。

しかし私は身体《からだ》を上手《うま》く操作《そうさ》できず、携帯《けいたい》電話を耳に当てた姿勢のままでゆっくりとマスターへ向き直ります。

「それ僕の携帯じゃないか」

「はい」

「何でお前が通話中なんだ？」

「あの、マスター。……佐伯先生ですが……」

「ああ、あの人がどうかしたか？」

「はい。ひょっとしたら……殺《や》る気かもしれません。しかも私のせいで」

「やる？　何を？」

「にゃんこです」

「…………は？」

呆気《あつけ》に取られるマスター。

私は携帯電話をテーブルに置きつつ、マスターにさっきの会話の内容を伝えるため、ゆっく

りと口を開きました。

——私立挟間《はさま》学園保健教諭《ほけんきょうゆ》、佐伯《さえき》ネア。

いつもいつも、露悪趣味《ろあくしゅみ》なのか残虐《ざんぎゃく》趣味なのか判然としない、殺すだの死ぬだの内臓《ないぞう》だの血だのと、毒々しさに溢《あふ》れた電波的な言動ばかりを口にする彼女の悩み。

それは、言動とは裏腹に血を見ると気絶してしまうという気の弱さで——。

それが解決されたかもしれない。

……と、いうことは。

或《ある》いは、非常に由々《ゆゆ》しき事態になる可能性がありました。

2. 調査開始

硝子《しょうこ》が取った、佐伯ネアからの電話から一夜明け、土曜日《どようび》。

学校が休みなのでのんびりしようかと思っていたらそうも言ってられなくなり、僕と硝子は午前十時から学校へと赴《おもむ》いていた。

休日出勤なんてどうにも気が滅入《めい》るが、四《し》の五《ご》の言ってはいられない。

目的はひとつ。佐伯ネアの監視《かんし》だ。

僕らが初めて出会った時から破綻《はたん》した言動ばかりを繰《く》り返してきた彼女。でも、今まではそれを行動に移すことは決してなかった。だから僕らも彼女を放っておいている。

ただ、それが現実のものになるかもしれないのならば——止める必要があった。

そういう訳《わけ》で僕と硝子は現在、中庭に面した保健室の窓を僅《わず》かに開けて、カーテンの隙間《すきま》からこっそりと中の様子《ようす》を覗《のぞ》き見ている。

カーテンは佐伯ネアの陽光嫌いのせいで暗室さながらの黒幕なのだが、向こうから気付かれにくいのは幸いだ。

それにしても。

「硝子……お前はなんでそんな……」

窓の縁《ふち》に顎《あご》を乗せ、保健室の中をじっと観察《かんさつ》している硝子。

こいつは現在、いつものリボンを外し、ハンチング帽を頭に載《の》せていた。

——ステレオタイプな探偵のアレだ。

「こういうのは形から入るのが基本です」

僕を見ず、ぴしゃりと答える。家を出る時は普通にリボンを結んでいたのに、さっきトイレから出てきたらこうなっていたのだ。

「ていうかお前、制服姿とそれは合ってない」

「合う合わないの問題ではありません。しかし……パイプとインバネスがあれば完璧《かんぺき》だったのですが。私は未成年ですのでインバネスはともかくパイプは無理です」

大真面目《おおまじめ》な顔で保健室《ほけんしつ》を覗《のぞ》き込んだまま囁《ささや》く硝子《しょうこ》。いつも疑問に思うのだが、僕はどこでこいつの教育を間違ってしまったのだろう？　てか、インバネスって何だっけ。

「……どこから引っ張り出してきたんだよ、そのハンチング」

「ハンチングではありません。鹿打帽《しかうちぼう》です」

いや、正直どうでもいいんだけど……ああ、そういえばインバネスって、ホームズがこの帽子と合わせて着てるコートか。

「でも、家にそんなもんあったたっけ？」

「いえ。こんなこともあろうかと、高校入学時に通販で購入《こうにゅう》しました」

「こんなことってどんなことだよ！」

僕は思わずつっこんだ。

「お前、僕に黙《だま》ってそんな買い物を勝手に」

「……マスター」

そんな僕に、硝子は顔をこちらに向け、

「しっ！　気付かれるではないですか」

「あ、ごめん」

思わず謝《あやま》る僕に、硝子はぼそりと呟《つぶや》いた。

「まったく使えないワトソンですね」

「……誰《だれ》がワトソンだ……」

もうつっこむ気力がなかった。というかつっこんでも不毛な気がする。

「もういいや。……で、様子《ようす》はどうだ？」

僕は中の様子を見ず、周囲を警戒《けいかい》していた。ふたりして保健室を窓から覗き込んでいたのでは怪《あや》し過ぎる。休みで人は多くないが、部活生がふらりと中庭に来ないとも限らない。

「今は特に変わった様子はありません。椅子《いす》に座ったまま、イヤホンで音楽を聴《き》いています」

部活生のための待機《たいき》だから暇《ひま》なのだろうか。

「ノリノリです。くねくねと踊っています」

踊ってんのかよ。

「このくねくねぶり、トム・ヨークもたじたじですね……あ、椅子から立ち上がりました」

どこか行く気だろうか、そう思ったが、

「立って踊り始めました」

立って踊り始めたらしい。

「……佐伯《さえき》先生、いつもそんななのか？」

「さあ、私に尋《き》かれても……あ」

「どうした」

「女子生徒がふたり入ってきました。バスケ部のようです。ひとりが肘《ひじ》に怪我《けが》をしているようです……でも」

「でも？」

「佐伯《さえき》先生は気付きません。くねくねダンスの真っ最中です。女子生徒たちドン引きです。硬直したまま、見てはいけないものを見てしまったという目をしています」

それはそうだろうと僕は思った。

「あ、佐伯先生が気付きました！　ダンスをやめていつもの猫背に戻って……そのままイヤホンを外し、テーブルの上にあった鋏《はさみ》を手に取って自分の首に突き刺そうと、あ、いえ、女子生徒が止めています！　立場が逆です」

暗幕の向こうから、叫び声が聞こえてきた。

「先生、やめてください！　見ませんでした！　私たち何も見ませんでしたから！」

それに伴って、もみ合う気配《けはい》がある。

佐伯先生の声は聞こえない。元々ぼそぼそと喋《しゃべ》る人だから当たり前だけど。

「ようやく佐伯先生が落ち着きを取り戻しました。救急箱を手渡しています。『この中にあるピンセットを耳から脳につっこんで掻《か》き回すと色とりどりの夢が見られるわよ。オキシドールで脳味噌《のうみそ》を洗浄してガーゼで皺《しわ》を拭《ふ》き取れば寝覚めもすっきりねうふふふふ』だそうです。ひょっとして照《て》れ隠《かく》しのつもりでしょうか？　怪我をした方の女子生徒は呆気《あっけ》に取られています。付き添いの方は頷《うなず》きながら救急箱を受け取っていますね。驚《おどろ》いているのは一年生、慣《な》れているのは二年生か三年生だと判断します」

硝子《しょうこ》は実況中継し続けているが、僕は学生が一年間に与えられた休日というのは何日あったっけとなんとなく思い始めていた。その貴重な休日を無駄《むだ》にしてるような気がする。

「……なあ、硝子。もう帰っていいか？」

「何を言うのですマスター。調査《ちょうさ》はまだ始まったばかりですよ」

しかし硝子は僕の方を見もせずに、即座にそう返答する。……いや、こいつが楽しいなら別にいいんだけど。でも硝子が覗《のぞ》きの楽しさに目覚めてもちょっと困る。

「どっちみち、ここでこんなことやってても何もわからないだろ。佐伯先生が何かするにしたって保健室《ほけんしつ》出なきゃ話にならないし。どっか別のところでそれを見張ってた方が得策だ」

僕が言うと、硝子はようやく顔を上げる。

「確《たし》かに一理あります。保健室の出入り口が確認《かくにん》できる教室はどこにありますか？」

「そうだな」僕の教室——二年三組は、廊下側の窓から保健室が見えるはずだ。

「ではそこに移動しましょう、マスター」

「……学校なんだから『マスター』はやめろ」

「いいからさっさと行きますよ、先輩《せんぱい》」

いいからじゃねぇよ本当に。

とにかく、僕らは中庭から離《はな》れた。

件《くだん》の女子生徒ふたりのことは……まあいいか。たぶん怪我《けが》をした一年生も、あと半年ほど経《た》てば佐伯《さえき》先生に慣《な》れるだろうし。

3. 調査難航

城島晶《きじまあきら》と城島硝子《しょうこ》のふたりが二年三組の教室へ移動したのとほぼ同時刻。

私立挟間《はさま》学園の男子生徒、塚原秋生《つかはらあきお》は、所属しているサッカー部の練習から抜け出して、校舎の廊下を歩いていた。

理由は単純。昨日《きのう》教室に忘れ物をしたので、それを取りに来たのだ。

本来ならば練習が休みになる昼にすればいい。しかしそうしなかったのは、単に練習がキツいからだ。監督《かんとく》のしごきは尋常《じんじょう》ではなく、身体《からだ》を休められる昼休みの時間は一秒でも浪費したくない。それに、練習中に取りに行けばその分、地獄の練習からも抜け出せる。だから腹痛を原因にして校内へ上がり込んだという訳《わけ》だ。

ともあれ、彼は自分の所属している教室である二年三組へ至る廊下を——できるだけゆっくりと、のんびりと進んでいた。

が、その目的地に近付いた時。

話し声が聞こえた。

なんだろう、と塚原は思った。誰《だれ》か教室に来ているのか。だとしたら休みの日にクラスメイトと会うのは珍しい。無意識《むいしき》に足音を忍ばせ、いったい誰が何の話をしているのかを盗《ぬす》み聴《ぎ》きしてやろうという悪戯心《いたずらごころ》が涌《わ》いた。

数メートルの距離《きょり》になり、話をしているのは男と女だということに気付く。

――ひょっとして恋人同士って奴《やつ》か？

塚原の知る限り、三組の中でできているカップルというのはない。だとすると、もしかしたら新しい情報が手に入るのだろうか。クラスメイトの知らない一面が見られるかもしれないと思うと、気分は更に高揚《こうよう》した。

いちゃついてたりすれば最高なのに、などとくだらないことを考えつつ、塚原は廊下の壁《かべ》に貼《は》り付き、まるで忍者のように前進する。

見れば、廊下側の窓が開いていて、その向こう、教室の中に女子生徒が立っている。窓の外を見ていたが、自分の方が背後。振り向かれでもしない限りは気付かれないだろう。

「……お前、いい加減、その帽子取れよ」

男の声がした。

凡庸《ぼんよう》な喋《しゃべ》り方で、特徴のない声だ。声もくぐもっていて、誰かは特定できなかった。

「何故《なぜ》です？」

今度は女の声。

これも知らない。というか敬語だ。

だとすると一年生で——図々《ずうずう》しくも教室に女を連れ込んでいるという訳《わけ》か。

「だいたい動き回るのに目立つだろ、それ」

「こういう時のために買ったのに……」

口調《くちょう》は淡々《たんたん》としていた。あまり付き合っているようには聞こえない。だったら単に教室で話をしているだけだろうか？　そう考えるとちょっとがっかりだ。

「仕方ないですね。帽子は取ります」

「未練たらたらだなお前……」

しかし——。

次のひと言で、塚原《つかはら》は硬直した。

「じゃあ、リボン、先輩《せんぱい》が結んでください」

「……、は？」

相手の男が間抜けな声をあげる。女の方はそれに動じたふうもなく、堂々と続けた。

「当たり前です」

「そのくらい自分で結べよ……いつもひとりでやってるじゃないか」

「ここには鏡《かがみ》がありません。あと、自分で結べるようになってから二年経《た》ちますが、あれから一度も先輩は私のリボンを結んでくれませんし。そろそろ頃合《ころあい》でしょう」

淡々としてると思ったら――熱々《あつあつ》だった。

「なにが頃合だよ……」

「ついでに髪も梳《す》いてください。はい、櫛《くし》」

「甘えるなっ！」

「たまには甘えておくのが適当だと判断します」

「まったく。誰《だれ》か来たらどうするんだ……」

「私は構いませんよ。ここは二階ですし、私のことを知っている人間は来ないでしょう」

「僕のことは無視かよ……」

聞いているうちに、怒りが湧《わ》いてきた。

そんな塚原の思いも知らず、教室からはごそごそと気配《けはい》がし始める。言葉通り、男が女の髪を梳いてやってるようだ。それと同時に、ぶつぶつと男が愚痴《ぐち》っている様子《ようす》も窺《うかが》えた。

そのシチュエーションのどこに愚痴る必要があるのか塚原にはさっぱりわからない。

サッカー部所属、塚原秋生《あきお》。

彼女いない暦《れき》もうすぐ十七年だ。

理由は自分でもわからなかった。決して容姿も悪い訳ではないとは思うし、部活ではレギュラーだ。試合ともなればそれなりに声援《せいえん》を送られることもある。それなのにちっとももてない。

ちゃんと彼女募集中だと公言しているにも拘《かかわ》らず、女の子は誰《だれ》ひとりとして寄ってこない。去年のバレンタインデーも、一カ月前から周囲の女の子たちにちゃんとアプローチしてきたのに、成果は出なかった。もらったチョコレートはひとつ。しかも母親からだ。妹からはもらえなかった。妹からすら！

ディフェンダーというポジションが地味だからだろうか。それとも何か自分でも気付かない悪いところがあるのだろうか。以前、クラスメイトの城島晶《きじまあきら》にも相談《そうだん》を求めたりしたのだが、それもたいした成果が得られなかった。

城島晶。

容姿《ようし》も成績《せいせき》も凡庸《ぼんよう》なくせに、一学年下にいる学校内でも有数の美少女を彼女にしている、とんでもない奴《やつ》だ。従妹《いとこ》だかなんだか知らないが、そんな立場を利用して。

あいつと自分とでは明らかにこっちの方がもてそうなのに——考えていると、理不尽《りふじん》さにちょっと苛々《いらいら》してきた。

だが。

そこまで考えて、あれ？　と思う。

「……年下の彼女……？」

塚原《つかはら》の知る限りだと、後輩《こうはい》、しかもこの学校の生徒と付き合っている二年三組所属の生徒は、ひとりしかいなくて……。

「ほら、これでいいか」

「曲がっていませんか？」

「曲がってないよ」

一歩ずつ、ゆっくりと近付く。

女の方の後ろ頭が見えた。

長く伸ばした髪、後ろにリボンを着けた、小さな頭。それに見覚えがある。

間違いない。

入学当初に注目された、校内で見掛ける度《たび》に思わず誰もが目で追ってしまう容姿。

「見えないからと言って適当に済ませようというのではないでしょうね」

「まったく……ちゃんと結んだよ」

「まあ、先輩が結んでくれたのであれば別に曲がっていても差し障りはないのですが」

その彼女が、なんだかもう、もし塚原が直接言われたら嬉《うれ》しさのあまり窓からロケットダイブ確実《かくじつ》な言葉を男に向かってのたまっている。

「……そうか。それより、保健室《ほけんしつ》の様子《ようす》はどうだ？　人が出入りした様子は？」

「なにを照れているのですか？　先輩」

「照れてないっ」

「変わった様子はありませんね。……これではいつまで待たされるのかわかりません」

「まぁ、僕は別にどうでもいいんだけど……」

対して男はそれでもつまらなさそうに、やる気のない返答をしている。

近付いたことが原因か、或《ある》いは意識《いしき》したからか。その平凡《へいぼん》な声の主《ぬし》を、塚原《つかはら》は確認《かくにん》した。

それと同時、こめかみがぴくりとする。

自分が部活の練習で泥まみれになっている時に、こいつらはなにをしているのだろう。

こんな甘いひと時に比べたら、試合で黄色《きいろ》い声援《せいえん》を浴びることなんて空《むな》し過ぎはしないか。

というか、なんでこいつにはこんなに可愛《かわい》い彼女がいるんだ。俺《おれ》にはいないのに。

彼女がいる奴《やつ》なんて全員不幸になるべきなのに、世の中はどうして彼女がいる奴が幸福になるようにできているのだ。

「……城島《きじま》」塚原はもう身を隠《かく》しもせず、城島晶《あきら》の前に姿を現した。

「え？　……げ」

城島の動きが止まる。

彼女の背後に立ち、リボンを整《ととの》えてやっていた、その手も。

「城島……お前は……」

「つ、塚原……なんでこんなところ、に」

引《ひ》き攣《つ》った顔でこっちを呆然《ぼうぜん》と見ている城島。塚原は思わず叫んだ。

「お前は保健室《ほけんしつ》でなにをするつもりだ!?」

「その彼女と、教室で待機《たいき》して！　保健室でいったいなにをするつもりだったんだよ！」

「はぁ……!?」

「お前何言ってんだ……？」

「とぼけるな！」

証拠は揃《そろ》っているのだ。

「保健室の様子《ようす》を……人が出入りしたかどうか確《たし》かめさせてたじゃないか！　いつまで待たされるのかわからないとかそこの彼女も言っていただろう！　お前……いちゃいちゃするんなら家でやってればいいものを……」

「どこをどう解釈したらそうなるんだよ！　ってかお前、どこから盗み聞きしてたんだ！」

「うるさい！」盗人猛々《ぬすっとたけだけ》しいとはこのことだ。

「休みにかこつけて、保健室で彼女とあんなことやこんなことをしようとしていたんだろ！」

「あの、あんなことやこんなことというのはどんなことですか？」

「ああっ、可愛《かわい》い顔で俺《おれ》にそんなことを言わせないでくれっ！　Ｓなのかひょっとして！　でもどちらかと言えば俺はＭだ！　けっこうぐっときちまったじゃねえか畜生《ちくしょう》！」

「硝子《しょうこ》、お前は場を混乱させるな！　塚原も誤解……というか曲解し過ぎだ！　何なんだお前のその歪《ゆが》んだ想像力は!?」

「お前こそなんなんだその歪んだ想像力は！　保健室だって!?　シチュエーションを楽しもう

って腹だろう！　保健室《ほけんしつ》で制服……保健室で制服なのか!?」

想像すると意識《いしき》が遠くなる。

目の前できょとんとしているこの彼女と、こいつは学校の保健室で思うさま……あまり表情が動かないのが気になるが、文句なく可愛《かわい》い。

「畜生《ちくしよう》っ！」

苛立《いらだ》ちに紛《まぎ》れて、塚原《つかはら》は拳《こぶし》を握り天を仰《あお》ぎ見る。無人の教室に響《ひび》く声は二年三組男子生徒を代表した怨嗟《えんさ》の叫びだ。

「……ああ、よりによって面倒《めんどう》な奴《やつ》に……」

城島《きじま》は頭を抱えている。頭を抱えたいのはこっちだ。

「だいたい、お前がのんびりいちゃいちゃしてる時にだな、俺《おれ》は……グラウンドの土まみれになってサッカーの練習だ。男だらけだ。紅一点なマネージャーの美帆《みほ》ちゃんは既《すで》にキャプテンのものだ。なんだよこの差は！」

サッカーは確《たし》かに好きだ。

だが塚原は——サッカーよりも、女の子といちゃいちゃする方が好きだ。当然だ。女の子といちゃいちゃすることに優先《ゆうせん》するものなど、この世の中にはそうそうない。

「知るかよ……練習中じゃないのかお前」

城島は呆《あき》れたように呟《つぶや》く。

だから塚原は逆ギレした。

「サボってんだよ！」

「堂々と言うことか……」

「そうだな。堂々と言うことじゃあねえな」

――と。

それは、不意に、背後で。

やけに野太い声が、塚原の逆ギレに応《こた》えた。

「……え？」

一気に熱《ねつ》が引いていく。

条件反射的に身体《からだ》が硬直した。

この声は、まさか……？

ゆっくりと、頭だけで振り向く。

そこには、塚原よりもふたまわりほど大きなトレーニングウェアに身を包んだ、筋肉質の身体《からだ》が――まるで岩山のように立っていた。

「腹痛でトイレ行くって言ってたのになかなか戻ってこないと思ったら……こんなところにいやがったか、塚原」

「……か、かんと、く？」

挟間《はさま》学園サッカー部監督《かんとく》、武蔵肇《むさしはじめ》——通称、オーガ武蔵。仏頂面《ぶっちょうづら》で行われる鬼のしごきは、サッカー部の部員一同にとって恐怖の象徴《しょうちょう》。

しかも厄介なことにこの監督、挟間学園の理事長の甥《おい》の嫁《よめ》の兄だかなんだかで、現代教育を無視した行為が殆《ほとん》ど治外法権《ちがいほうけん》と化している。

「それにしても練習をサボるとはいい度胸だ。そんなに俺《おれ》の組んだメニューが嫌《いや》だったか？」

まさかこんなに早く嗅《か》ぎ付けてくるとは思わなかった。ほんの十分ほどサボるつもりだったのに、長居し過ぎたのが原因か。

「あ、まさかそんな、イヤだなんて」

監督の眼光に射竦《いすく》められ、塚原《つかはら》はふるふると首を横に振る。反抗などできない。

「ほう」しかし、逆効果だった。

「だとすると、あのメニュー程度はさっさとこなして物足りないって訳《わけ》だ。なるほどなるほど、塚原、俺はお前を見くびってたよ」

「そんなっ!!」

言い訳の隙《すき》もなく、襟首《えりくび》を摑《つか》まえられる。そのまま凄《すご》い力で引っ張られ、塚原の身体《からだ》は自分の足と関係なく廊下を動き始めた。

「行くぞ。メニュー追加だ。出歯亀《でばがめ》なんざできないほど走り込みさせてやろう」

「そんな無体《むたい》な……！」

塚原の悲鳴も構わずに、監督は城島《きじま》たちに向かって、にかりと笑った。

「うちのが迷惑《めいわく》かけたな」

「いえ、インターハイ頑張ってください」

それに対して人当たりのいい笑顔《えがお》で一礼する城島。最悪だった。

「応よ。それからな……ま、俺ぁここの教師じゃねえからアレだが、男女交際は健全《けんぜん》にな」

「もちろんです」

城島はもう塚原を一瞥《いちべつ》すらしない。こいつは絶対殺そうと思った。

……午後の練習で監督に殺されなかったら。

「ちょ、監督、息……！」

「うるせえ！　苦しいなら自分の足で歩け！」

そうして何もかもを誤解したまま、塚原は階段を転がり落とされ、その後、グラウンド十周に腕立て腹筋《ふっきん》背筋百回ずつを三セット、通常メニューとは別にこなさせられる羽目になった。


――ちなみに。

塚原の誤解はそのままだったので、彼の復讐《ふくしゅう》は週明けに晶《あきら》を苦しめることになる。

教室に彼女を連れ込んでいちゃいちゃしていたという風評により、隣《となり》の席の幼馴染《おさなな じ》み、森町《もりまち》芹菜《せりな》にまるまる三日口を利いてもらえなかったりするのだが、それはまた別の話。

4. そして、惨劇

なんだか嵐《あらし》のようなもめ事が去り、私たちは再び保健室《ほけんしつ》の監視《かんし》へと戻りました。

「それにしても先輩《せんぱい》、さっきの人はいったい」

「……気にするな」

気にしてはいけないそうです。

マスターは心底疲れ果てたような顔で、私の隣《となり》の席に座り、机の上にだらりと身体《からだ》を預けていました。まるで猛暑の中の犬です。

「わん」

「『わん』じゃない……」

「お手」

「するかっ！　ちゃんと保健室を見てろ」

「問題ありません」

そもそも中庭側の窓から出でもしない限り、見過ごすことはありません。佐伯《さえき》先生とて幽霊《ゆうれい》ではないのです。……いえ、確《たし》かに風貌《ふうぼう》や挙動は幽霊のようですが。

「それに犬ではなくて猫ですね、今回問題になっているのは」

「ってかさ、そもそもそれって、本当のところ……どうなんだろうな」

と、マスターが身体を起こし、首を傾《かし》げながらそう言いました。

「今どき猫殺しなんて流行《はや》らないだろう。病《や》んだ中学生でもやらないぞ」

「それは病んだ中学生に失礼ですよ」

「そういう問題じゃなくだな。だいたい猫って言えば里緒《りお》だし。里緒と仲のいい佐伯先生がそんなことするとも思えないんだ」

狭間《はさま》学園二年三組の生徒で、マスターのクラスメイト、柿原《かきはら》里緒さん。

私たちの同類でもある里緒さんは、猫の『小町《こまち》』を飼っています。いえ──飼っているというよりは、私とマスターの関係と同じなのですが──とにかく、私たちにとって里緒さんと猫は不可分のイメージです。里緒さんと仲のいい佐伯先生も同様の認識《にんしき》でしょう。

そんな彼女が、猫を殺したりはしない。マスターはそう判断しているようです。

「昨日《きのう》、里緒さんには確認《かくにん》したのでしょう?」

「ああ。あの時点でだけど。別に佐伯先生から連絡はなかったらしい。でもさすがに、『佐伯先生が猫を殺すかもしれないから気を付けろ』とは言えなかった」

「……確かに」

佐伯先生が里緒さんを気に入っているのと同様に、里緒さんもまた佐伯先生を慕《した》っています。保健室の常連ですし。

それに、血がどうのとか肉がどうのとかばかり口にしている彼女ですが、だからと言って生命を奪《うば》うことそれ自体に喜びを感じるかどうかというのは別問題です。

「昨日《きのう》、お前から話を聴《き》いた時はちょっとヤバいかもと思ったんだけどな……考えてみると、やっぱりそんなことはしない気がする」

マスターが彼女に出会ったのは、この学校に入学してすぐ。そして『虚軸《キャスト》』を抱え込んでいると知ったのも同時期です。

敵にはならない、そう判断したマスターは、その後、佐伯《さえき》先生を私にも紹介しました。ですから私は入学前からの付き合いになります。

長期間観察《かんさつ》した訳《わけ》ではありませんが、それでも、マスターの言う通り、彼女が自《みずか》ら刃物を持ってにゃんこちゃんたちを虐殺《ぎゃくさつ》するという可能性は低いかもしれません。

「かと言って一般人よりは遥《はる》かに可能性が高いのが問題ですが……」

「だな……」可能性があるからこそ、私たちも動いた訳ですから。

「でもあの人、猫を自分で殺すよりは、死体を何時間も眺めてうっとりする方が性《しょう》に合ってるんじゃないか？　……そのために殺すって線《せん》も、確《たし》かにない訳じゃないけど」

「じっくり死体を眺めたいのに気が遠くなってできないの、ってよく言ってますしね」

ただやはり冷静に考えると、判断してしまうには不確定《ふかくてい》要素が多い事項です。

「そもそも、今日《きょう》は何もなし、って線の方が太いだろ。勤務中《きんむちゅう》だし、昼間だし」

「それはそうかもです」

「殺《や》るんなら夜中だろうし。夜中に捕《つか》まえて解体してから朝の路上に晒《さら》したりとかが一般的なのか？　それとも……」

マスターはぶつぶつと呟《つぶや》き始めます。佐伯先生の思考をトレースしているのでしょう。

「あの人のことだから、大量に捕まえて首を切ってからアパートの給水塔に投げ入れたりとか、そんな歪《ゆが》んだことも考えそうだ。翌朝のシャワーが真《ま》っ赤《か》に染まって、住人がこぞって悲鳴をあげ始めるのを聞きながら眠りに就《つ》くと安眠できるのよとか言うかも」

「先輩《せんぱい》、あの……」

「ん？」

「佐伯先生の思考をトレースするのは構わないのですが、また誰《だれ》かクラスメイトの人が聞いていたら一一〇番通報確実ですよ」

うっ、と、苦《にが》い顔をするマスター。

この人、どうにも最近、周囲の虚軸《キャスト》たちに毒されているきらいがあります。

「と……とにかくだ。今日こうして見張ってるのは単に効率が悪いんじゃないかって、僕はそう言いたい訳で……」

「確かにそうですね。ただ昨日の今日ですから、週明けよりは確率が高いのではないかと。

……いえ、まあ正直に言うと、休みの日の学校にまだ行ったことがなかったというのと、あの鹿打帽《しかうちぼう》が役立つ時がようやく来たというのも原因のひとつですが」

「……お前結局楽しんでたんじゃないか」

「いえ、私は機械《きかい》ですよ。楽しむなどと……」

「まあいいさ」

マスターは何故《なぜ》か、私を見て笑いました。

「以前のお前なら、こんな不合理なことはしなかったしな。あとは片意地《かたいじ》張らず、素直に『休みの日の学校に来たかった』とか『探偵ごっこがしてみたかった』とかってちゃんと言えればいいんだけど」

そうして私の頭をぽんぽんと叩《たた》きます。

「……私を子供扱いしないでください」

「まだ子供みたいなもんだよ、お前は」

反論《はんろん》しようかと思考しましたが、頭を撫《な》でられているのでそれもできません。

「まったく」仕方ないので頬《ほお》を膨《ふく》らませ、私は再び廊下越しに見える保健室《ほけんしつ》の扉と、その周囲を観察します。異変はなし。

あれ以来、怪我《けが》をした部活生も来ていないようですし、今頃《いまごろ》はイヤホンで音楽を聴《き》きながらのりのりのくねくねでしょうか。

「そう言えば、先輩《せんぱい》」

「なんだ？」

「佐伯《さえき》先生の聴いていた音楽って……」

「ああ、たぶん、アレだ」

以前、彼女の運転する車に乗った時に大音量で聞かされたことがあります。

古今東西《ここんとうざい》の映画やドラマ、アニメ、その他あらゆるフィクションから抜粋《ばっすい》した『登場人物の断末魔《だんまつま》』を編集《へんしゅう》したもの――。

「いったいなんでまたあの人、あんなふうになったんだろうな……」

「『虚軸《キャスト》』のせいだけではないようですね。生まれつきそういう素養はあったんでしょう」

「ま、そういう趣味《しゅみ》があっても虫一匹殺せないんだから、無害なもんだけどな」

「その前提が崩《くず》れるのは……」

「ああ、ちょっと困る。なんだかんだ言って、いい人だし。生徒にも人気あるし」

できるならば、杞憂《きゆう》であるのが望ましい。

それは私とマスター、双方に共通した意見なのですが――さて、どうなるか。

しかし。

そんなことを考え、ふたり、会話が途切《とぎ》れてから、数十秒経《た》って。

がたん、と。

急にマスターが、席から立ち上がります。

「おい……硝子《しょうこ》！」

「どうしたのですか？」

「聞こえたか？」

「いえ……あの、マスター？」

マスターは『虚軸《キャスト》』である私と存在を重ねているせいで、一般の人間よりも身体機能《きのう》が高くなっています。でも、マスターの耳に届いた音は、身体《からだ》自体は普通の人間である私には聞こえませんでした。

「どう……したのですか」

「悲鳴だ。保健室《ほけんしつ》の方から」

「……え」

「女の悲鳴だ！　行くぞ硝子、何か起きた！」

言い放つと教室を出て走り始めます。

「ちょ……待ってください！」

私は唐突《とうとつ》な状況の変化に、それでもマスターの後へ続きました。

マスターも急いではいましたが、全力は出さず私の速度に合わせてくれます。

廊下の端、階段を下りて、教育棟《とう》から渡り廊下を通り保健室のある管理棟へ。

保健室の前へ辿《たど》り着くとひと呼吸も置かず、マスターは勢いよく扉を引き開けました。

「おい！　何が……」

「……え……」

そして、目前、保健室の中には……。

――その光景に、私は目を疑いました。

人間がひとり、倒れています。

色素の薄《うす》そうな髪をアップでまとめた、二十代後半の女性です。俯《うつぶ》せに、まるで、その場に崩《くず》れ落ちてしまったかのような姿勢で。

倒れた女性が着ているのは、白衣。

それは、よく見知った。

しかも、昨日《きのう》、電話で話し、ついさっきまで中庭で私が監視《かんし》をしていたはずの――。

「佐伯《さえき》……先生？　何故《なぜ》……」

「おい……どういうことだ」

そして、中にいたのはもうひとり。

こちらも、知った顔です。

学校指定のジャージを着た、小柄な身体。

ボブカットの髪に、幼さを残した目鼻立ち。

狭間《はざま》学園、二年三組。マスターのクラスメイトで、私たちと最も親しい『虚軸《キャスト》』。そしてついさっき、私たちの話題にのぼった相手——。

「里緒《りお》……」

柿原《かきはら》里緒さん。

里緒さんは、無表情で、倒れた佐伯《さえき》先生を見下ろしています。

「あ……晶《あきら》、硝子《しょうこ》」

その視線《しせん》がゆっくりとこちらへ向き、薄《うす》い唇が私たちの名前を紡《つむ》ぎました。

なにが起きたのか、わかりません。

確《たし》かに、休みの日に里緒さんが彼女へ会いに来ていたとしても不思議《ふしぎ》ではありません。

不思議なのは——。

「どういう……ことだ」

倒れた佐伯先生を見下ろす里緒さんの右手には、カッターナイフが握られていることで。

無表情とも呆然《ぼうぜん》ともとれる表情で、里緒さんは言います。

「どうしよう、晶」

私たちはその場に立ちすくんだまま、状況も把握《はあく》できずに、ただ——。

5. 解決編になっていない解決編

聞こえた悲鳴。

駆け付けて、見た光景。

それは倒れている佐伯ネアと、その傍《そば》に立っている、里緒だった。

里緒はカッターナイフを持っている。

訳《わけ》がわからない。

そんな——里緒が佐伯先生を刺すなんて、そんなことある訳がない。僕はそう思うけれど、状況は明らかに、あとは床《ゆか》に血が滲《にじ》むのを待つだけで——だから僕は、何か言わなければいけないと、乾いた口を開いた。

「あ、里……」

しかし、その時。

「う……ん」倒れていた身体《からだ》から、うめき声がした。

「……佐伯先生!?」

硝子が駆け寄る。

白衣を着た身体が僅《わず》かに動き、そのままゆっくりと、床に手を着いて上半身を持ち上げた。

「いったいどうしたのですか？　何が……」

「ああ……」まだ意識《いしき》ははっきりしていないらしく、佐伯《さえき》先生は目を開いたり閉じたりしている。深いくまに覆《おお》われているから妙に病的だ。

「あ、ネアが起きた」と、それと同時。

カッターナイフを持った里緒《りお》が、なんでもないような声で、呟《つぶや》いた。

「大丈夫? ネア。いきなり倒れるから、里緒、びっくりしちゃったよ」

「え、っと……里緒?」

僕は完全に、頭の中でクエスチョンマークが乱舞《らんぶ》していた。硝子《しょうこ》も珍しく、困惑《こんわく》が顔にまで表れている。

「ああ……ごめんなさい里緒さん、思わず気を失っちゃったわ……」

頭を抱えゆっくりと振りながら、意識を取り戻した佐伯先生が言う。

「どういう……ことだ?」

気を失った? だとしたら……。

「あれ、晶《あきら》さんに硝子さん、どうしたの?」

「悲鳴が聞こえたんです。だから飛んできたんですが……あの、まったく意味がわからないので説明してもらえませんか?」

佐伯先生と里緒を交互に見ながら、僕は眉《まゆ》をひそめた。正直なところ——情報が少な過ぎる上に妙な先入観《せんにゅうかん》もあって、本当に意味不明だ。

「説明って言われても。ネアが悲鳴あげて倒れちゃったんだよ、里緒を見て」

けれど里緒は困ったような顔をして、僕に笑《え》みを浮かべる。

「気絶？　なんでまた……」

その疑問に、今度は佐伯先生が答えた。

「……反則だからよ……」

「反則？」

「もう……見てわからないの晶さん」

身体《からだ》を起こして立ち上がる彼女。よろめいている。いや、ゆらゆらしているのはいつものことだけれど、意識を回復した直後だからなのか、足許《あしもと》がおぼついていなかった。

「ああ、直視しただけでまた倒れそう。これは本当に、遥《はる》かに予想外だったわ」

「佐伯先生、何を言って……」硝子が、業《ごう》を煮やしたようにして尋《き》いた。

「硝子さんもそんなことを。……見てわからないの？　里緒さんを」

「里緒……を、だって？」

言葉に従い、硝子と僕は里緒を見る。

手に握ったカッターナイフ以外、普段《ふだん》と変わったところはない。いつものジャージ姿だ。

佐伯先生が気絶するという状況で真っ先に思い付くのは、血を見てしまったから、というのだが、見た感じ里緒が怪我《けが》をしているふうには見えない。だから僕は訳《わけ》がわからず――、

「……あ」

——あった。

「あ」同時に硝子《しょうこ》も。

倒れている佐伯《さえき》先生と、手許《てもと》のカッターナイフのせいで今までまったく気付かなかったけれど、確《たし》かに普段《ふだん》と違うところ。

「どう、晶《あきら》？　似合うかな？」

首を傾《かし》げ、それをこっちに見せてくる里緒《りお》。

頭の上に——。


…………………………ネコミミが、付いていた。


…………えっと。

いや。待て。

ちょっと待て。

これは……。

「佐伯先生……あの」

硝子が感情のない声で口を開いた。

「……なに？」

「もしかして、昨日《きのう》私に『猫と兎《うさぎ》どっちが好きか』などと尋《き》いてきたのは……」

「もちろんこのためよ」

と、自信満々に返答する佐伯《さえき》先生。

「しかしまさか、こんなに似合うとは思わなかったわ。……ずっとね、里緒《りお》さんがもっと可愛《かわい》くなるにはどうすればいいかって悩んでたの。動物の耳を着けてみたらいいって昨日急に閃《ひらめ》いて。でも、本当、ネコにしてよかったわ。ありがとう硝子《しょうこ》さん、あなたのお陰《かげ》よ」

「……はあ」手を握られ、曖昧《あいまい》に頷《うなず》く硝子。

「それにしても完璧《かんぺき》よ。可愛過ぎるわ。もうこのままお持ち帰りして里緒さんが餓死《がし》するまで透明なケースの中に閉じ込めてずっと見詰めていたいわうふふふふ。もちろんその間、私も一切食事は摂《と》らないわ。ふたりきりで一緒《いっしょ》にゆっくりと、止まった時間の中で朽《く》ちていくのよ。ああ、考えただけで私、また……」

「もう気を失うのはやめてよ、ネア。そうなったら里緒が困るんだからね」

「ええ失わないわ。だってこんなに可愛いのに見る度《たび》に気を失ってしまうなんて貴重な時間がもったいないもの。ああ、でも可愛いわ。よかった、最高ようふふふふ」

ぼそぼそと呟《つぶや》きながら、佐伯先生は里緒の頭を愛《いと》おしそうに撫《な》で回す。……もう片方の腕は腰に回して抱《だ》き締《し》めながら。

「あの……お取り込み中恐縮《きょうしゅく》ですが……」

もはや反応できなくなった僕の代わりに、硝子がふたりの空間に割って入った。

「もしかして、気を失ったのは……」

「くすくすくす。里緒さんにこのネコミミ着けてもらったら、そのあまりの可愛さに気が遠くなってしまって。ふふ……不覚だわ」

「そのカッターナイフは？」

「あのね、ネアがね……『ひょっとしたら里緒さんがネコミミを着けたら私、気絶しちゃうかもしれないから、だからそうなったらこれで腕でも切って起こして頂戴《ちょうだい》』って」

「ふふ……『なんなら首をかっ切ってそのまま殺してくれてもいいわよ』とも言ったわ」

「でもよかった。晶《あきら》たちが来てくれて。だって里緒、ネアに切り付けるなんてしたくなかったもん。……でも倒れちゃって。どうしようかと思ってびっくりしちゃってたんだ」

もう、どこからどうつっこんでいいのかさっぱりわからない。

というか何だこのオチは。

くだらなさ過ぎてこっちの気が遠くなる。

でも――。

「ところで、晶さんたちはどうして学校に？」

考えてみれば、そもそも僕らがやらかした盛大な勘違いも、同じ程度にくだらない。

「いや、単に忘れ物をして」

僕はさりげなく言った。佐伯《さえき》先生が猫を殺すんじゃないかと思って監視《かんし》しに来ましたなどとは口が裂けても言えなかった。

……アホすぎて。

「そう。じゃあ、私たちはこれからいちゃいちゃするから、晶《あきら》さんと硝子《しょうこ》さんはできれば遠慮《えんりょ》してもらえるかしら？」

珍しく晴れやかな笑顔《えがお》で、里緒《りお》さんを抱《だ》き締《し》める佐伯先生。

「うふふふふ……こちょこちょこちょこちょこちょ」

「あはっ。にゃんにゃんにゃんにゃんにゃん」

里緒の顎《あご》の下に艶《なまめ》かしく指を這《は》わせながら、うっとりとした表情になる。里緒はくすぐったそうに身を捩《よじ》らせながら、ごめんね晶、また月曜日《げつようび》、と、僕に手を振った。

「あの、マスター」

「……ああ」

その毒気に当てられて、僕らは肩を落とし、

「じゃあ」

挨拶《あいさつ》もそぞろに、保健室《ほけんしつ》の扉を閉めた。

※

そして、保健室を出て、僕らは確認《かくにん》するまでもなく下駄箱《げたばこ》へと向かう。

どちらともに、疲れ果てていた。

どちらともに無言。

昇降口で一旦《いったん》別れ、お互い靴を履《は》き、それから玄関で再度合流し、徒歩で帰投。

やがて校門を出たくらいになって、ようやく、硝子がぼそりと口を開いた。

「あの……マスター」

「……怒ってますか？」

「……いや。なんでだ？」

「いえ、私が誤解したのがそもそもの原因ですし。まさかこんな展開になるとは……」

見た硝子の顔は、どこか沈んでいる。

「怒ってやしないさ」

だから僕は、微《かす》かに笑った。

「ま、疲れたけど。でも休日に学校に来るってのもなかなか楽しかった。久しぶりにお前のリボンも結べたしな」

「でも……」それでも釈然《しゃくぜん》としないのだろう、食い下がる硝子《しょうこ》に、

「お前は？」僕は逆に問う。

「……え」

「お前は楽しかったか？　休日の学校」

「いえ、機械《きかい》の私は……」

即座に否定しかける硝子。

でも、僕が真《ま》っ直《す》ぐ見ているその視線《しせん》を受け、少し思案し、それからゆっくりと、

「結局、来た意味はありませんでしたが……それでも有意義でした」

ひねくれた言葉で、返事をした。

「……そうか」

『楽しかった』のだろう。

そう、僕は判断する。

「お前が楽しかったのならそれでいい」

「……そうですか」

そっけない返事。

だけど否定はしない。

以前ほど頑《かたくな》に感情を否定しなくなった硝子。

それはやっぱり、僕にとって、嬉《うれ》しい。

「家、帰ってからどうするかな」

何気なさを装《よそお》い、僕は言った。

「まだ昼にもなってないし、のんびりするか」

誤解のせいで、くだらないことをして過ごし、浪費してしまった休日。

それは機械にとっては無駄《むだ》かもしれない。

だけど人間にとっては――脱力したり、徒労《とろう》に感じたり、そんな行為のひとつひとつさえも、思い出として記憶《きおく》できるんだ。

だから。

硝子が『今日《きょう》』を無駄だと断じなければ。

あの日はマスターと一緒《いっしょ》になってくだらないことをして過ごしましたね、と、あとになってその記憶で笑うことができるのであれば。

機械の彼女が、人間のようにそう思えるようになれば、これも決して無駄なことではない。

「家に帰ってから、ですか」

あまり動かない表情で、硝子が呟《つぶや》いた。

「まずは昼食ですね」

「そうだな」

「あとは、昨日《きのう》の夜見逃した火サスを」

「そうか」

今日《きょう》はこれからこいつとふたりでだらだらと、無駄《むだ》な時間を過ごすとしよう。

6. 後日談

文字通りに、後日。

明けて、日曜日《にちようび》、午前十時。

城島《きじま》家《け》に——宅配便が届いた。

差出人は佐伯《さえき》ネア。

ふたりで開けてみて、僕らは呆《あき》れる。

「佐伯先生……なに考えてんだ……」

「手紙が添えてあります。えっと……『決断してくれたお礼です』だそうで」

「それにしても、何だよこれは」

「ウサミミですね」

「いや、それは見ればわかるけど……」

「『硝子《しょうこ》さんにはこっちの方が似合うと思うわ』とも。着けてみましょう」

「え、おい、硝子」

「……どうですか？」

「いや、似合うというか……」

「似合いませんか？」

「そういう問題じゃ……」

「失神しませんか？」

「失神はしない」

「私たちもいちゃいちゃしますか？」

「しねえよ！」

「ぴょんぴょん」

「無表情に棒《ぼう》読みで跳《は》ねるな！　って……ちょっと待て、おい」

「ぴょんぴょ……え、何でしょうマスター」

「それ、見せてみろ」

「このウサミミをですか？　はい」

「おい……なんかこれ……」

「はあ」

「やけにリアルじゃないか？　毛の質感とか、皮膚《ひふ》の赤みとか……」

「言われてみれば……確《たし》かに」
「まさか……」
「いえ、それは本当にまさかですよ」
「そうだ……な」
「ですよ……ね」
「そうだと……いいな」

僕らは、深くは追及しないことにした。
その……確かに硝子《しょうこ》に、似合っていたし。

だから
どこからそんな服…。

エンディング
ある日の登校風景

夏の暑さは九月になっても衰える気配《けはい》はなく、朝だというのに太陽は燦々《さんさん》と照っています。この分では、紅葉や秋風などまだまだ先のことでしょう。

「今日《きょう》も暑いな……」

玄関を開けたマスターが、うんざりしたように呟《つぶや》きました。

「気温はまだ二十七度です。この程度で暑いなどと言っていては本日の最高気温にはとても耐えられませんよ」私は背後を振り返り言いました。

「最高気温、何度だ？」

「三十二度です」

げえ、と舌を出すマスター。といっても、教室ではクーラーが作動しているので授業中は問題ないはずですが——四時限目にマスターのクラスでは体育があるそうです。体育館《たいいくかん》でバスケ。さぞかし地獄のような暑さでしょう。

「ま、私のクラスは今日、体育はありませんけど」

「……お前、なんか楽しそうだな」

鞄《かばん》を抱え直した私に、マスターの怪訝《けげん》そうな顔。

「そうですか？」楽しそう——なのでしょうか。

「なんかいいことでもあるのか？」

「いえ、特には」実際、特別な行事がある訳《わけ》ではありません。

「ただ、今日は調理《ちょうり》実習がありますから、舞鶴蜜《まいづるみつ》の痴態《ちたい》は見られそうです」

「……そうか」六月の事件を思い出したのか、マスターは苦笑します。

「でも、班《はん》行動だったら別にあいつも何か仕出かす可能性は低いだろ」

「いえ、それが今日は個人活動でお菓子作りなのですよ」

何を作るかは自由です。まあ私の作るものと言えば決まっているのですが。

マスターが家に施錠《せじょう》し、私たちは出発しました。

見慣《みな》れた住宅街の路地《ろじ》を抜け、角を曲がった先には公園。春に咲き誇っていた桜はとうに散り、今は緑色《みどりいろ》の葉が茂っています。

これから秋が過ぎ、冬になれば、ここにも雪が積《つ》もることになるのでしょうか。まだ私は雪の中を登校したことがないので、その季節に期待は持てます。

ふたりで毎日歩く通学路。

雨の日もありました。風の日もありました。けれど、日に日に少しずつ変化していく周囲の様子《ようす》は、家に閉じこもっていた時にはまったく気付かなかったものです。

「学校、楽しいか？」歩いていると、不意に。

マスターが、そんなことを尋《き》いてきました。

私は、隣《となり》を歩く彼の顔を、反射的に見詰めます。

――『楽しい』ですか。

機械《きかい》である私。
別の世界から来た『虚軸《キャスト》』。殺し合いの非日常を送る、日常と乖離《かいり》した存在。
そんな私が学校へ行くなど、まったく意味のない行動で。
友人関係を築《きず》き、かりそめの生活を送ることの必要性など、どこにもなく。
「まったく……何を言っているのですか、マスター?」
今更《いまさら》そんな質問をしてくるなんて、それこそ意味のない行為です。
私は、答えました。

「……楽しいに決まっているではないですか」

私は機械。機械に楽しいも悲しいもなく、無意味な行動をする意味もない——。
そう考えていたのは、四月の頃《ころ》でしたか。
ですが、今はもう九月。
半年近い時間は、無為《むい》を有為にし、無意味に意味を持たせるには充分な時間です。
『虚軸《キャスト》』としての、非日常の殺し合いとは別の、『日常』。
機械としてではなく、人間として過ごす日々。
それは今や、私の自己を支える根幹のひとつにまでなっています。

休日に遊園地へ行って、ひめひめとニアミスしたり。

殺し合いの対象でしかなかった舞鶴蜜《まいづるみつ》と料理勝負をしたり。

同類でありそれ以上でも以下でもなかった里緒《りお》さんの新たな一面を見たり。

普段《ふだん》はクールを気取っている殊子《ことこ》さんの落ち込む姿をからかったり。

不可解《ふかかい》極まりなかった佐伯《さえき》先生の不可解さを改めて感じたり——。

彼女たちが長閑《のどか》な日常を送っているのと同じように、私もまた、この日常を何よりも大事にしなければなりません。……少々騒《さわ》がしい日々ではありますが。

「そうか」安心したように、マスターが微笑しました。

「そうですよ」その表情に少し不満を覚え、私は口を尖《とが》らせました。

これでは私を学校に行かせるようにした彼の思う壺《つぼ》かもしれない、と。

悔しいので、手を握ってやります。

「え……、おい！」

それはいつか、彼が私にしたように。

「ですから早く行きますよ、マスター」

私は彼の手を引っ張り、やや早足で、いつもの通学路を駆け出しました。

「ちょ、……待てよ！」

「いつもの平均時間よりも十七秒の遅れがあります。その遅れを取り戻しますよ」

「統計とってんのかよお前！」

背後から聞こえるのは、いつものように呆《あき》れた、だけど苦笑を混じらせた声。

ですから。

腕にかかる彼の重みはたぶん、私が日常に感じている重み、そのもの。

願《ねが》わくば。

このなんでもない毎日ができるだけ長く続きますように、と。

神様など信じてはいないので、手を握った彼の体温に、私はそう願いました。

あとがき

本書は「電撃《でんげき》ｈｐ」誌に掲載《けいさい》された『レジンキャストミルク　フラグメント』という短編《たんぺん》をまとめ、書き下ろしなども加えてからタイトルを『れじみる。』と改めたものです。

もし初めて手に取ってくださった方がいましたらどうもありがとうございます。そして「電撃ｈｐ」で読んでくださっていた方もどうもありがとうございます。作者の藤原祐《ふじわらゆう》と申します。


さて、ご存知の方はご存知でしょうが、ついでに言うと実はこの短編集、電撃文庫にて現在五巻まで刊行中である『レジンキャストミルク』というシリーズの番外編的な扱いの本でもあります。もちろん本編を知らない・読んだことがないという方にも楽しんで頂けるように書いているので、この本だけを単独で読んでも大きな問題はありません。知らずについ買っちゃったというあなたも安心してくださいませ。

ただ、これを読んで、もし作中に登場するキャラクターを気に入ってくださったのなら、本編の方も手に取ってみてくれたら嬉《うれ》しいです。細かなところで繋《つな》がっていたりちょっとした伏《ふく》線《せん》があったりと短編集と本編で相互補完していますし、彼ら彼女らの違った姿を見ることができると思います。もちろん、本編は読んでるけど短編はまだ全然……という方にも。

書き下ろしも含めたおまけも、ページ数が許す限りできるだけたくさん収録しましたので、各掲載誌を購入《こうにゅう》してくださった方も是非《ぜひ》。

ちなみに、「電撃hp」においての掲載順と本編の収録順は多少前後したりしていますので、その辺の追補的なデータを少しだけ書いておきます。

・オープニングとエンディング

書き下ろしです。時系列的には、本編第一巻より少し前と、本編第五巻の前。

一巻から話が進んでいくごとに硝子《しょうこ》の口調《くちょう》や思考は少しずつ変化してきているのですが、久しぶりに初期の彼女が書けてけっこう楽しかったです。

・デートDEデートDE遊園地

「電撃hp」Vol.39（二〇〇五年十二月発行）に収録《しゅうろく》。

時間的には六月で、一巻と二巻の間の出来事です。二巻に繋がる話でもあります。

実は執筆《しっぴつ》時、おかゆまさきさん、有沢《ありさわ》まみずさん、渡瀬《わたせ》草一郎《そういちろう》さんという豪華面子《メンツ》に協力して頂きました。お三方、どうもありがとうございました……！

・ドキドキ☆お弁当WARS
「電撃《でんげき》hp」Vol.41（二〇〇六年四月発行）に収録《しゅうろく》。

これも一巻と二巻の間の話で、時系列的には『デートDEデートDE遊園地』よりも前の出来事なのですが、三巻へと繋《つな》がる話なので二番めに入れました。

関係ないですが、作者の得意料理はカレーです。苦手《にがて》料理はその他すべて。

・夏祭りセンチメンタル
書き下ろし。時系列的には四巻と五巻の間、夏休みの出来事。このお話で浴衣《ゆかた》が着られなかった硝子《しょうこ》ですが、五巻の口絵マンガで無事、浴衣着用と相成《あいな》りました。

それはそうと作者は浴衣や喪服《もふく》も含めた和服全般が死ぬほど好きです。

……どうでもいいですかそうですかすみません。

・ナツヤスミ・パニック！
「電撃hp」Vol.43（二〇〇六年八月発行）に収録。こちらも夏休みの出来事です。五巻に繋がる話で、時系列的には『夏祭りセンチメンタル』の少し前。

作者はもう何年も海水浴というものに行っていません。かと言って行きたいかと問われれば別に行きたくもないというのが我《われ》ながら救えないと思います。

・保健《ほけん》教師のいけない休日
「電撃hp」Vol.42（二〇〇六年六月発行）に収録。

時系列的には九月、二学期になったばかりの頃《ころ》のお話です。五巻の少し前。

ところで僕はネコとウサギどっちも好きですが、どっちにも好かれたことがありません。


……と、なんかいろいろ真面目《まじめ》に書いていたらあとがきの残ページ数が……。

本書を出版するにあたってお世話になった担当佐藤《さとう》さん、イラスト椋本《くらもと》さん、編集部《へんしゅうぶ》・営業部・出版部などの各皆様、デザイナー様、校閲《こうえつ》様、どうもありがとうございました。

毎度のことながらご迷惑《めいわく》をかけてしまっていますが、どうかこれからも僕と一緒《いっしょ》に本を作っていってくだされば嬉《うれ》しいです。

また、何よりも読者の皆様にも。本当に感謝《かんしゃ》しています。

お待たせしている本編の第六巻は、冬の終わりか春の初めかそのくらいの予定です。ストーリーは山場、クライマックス直前です。どうかこれからもこの物語にお付き合いください。

藤原《ふじわら》　祐《ゆう》

れじみる。

こんにちは! 挿画担当の椋本です。

最後まで読んで下さってありがとうございます。

今回はレジン本編とは少々(?)趣きを変えまして
ほのぼの100%短編集でお目にかかることになりました。

いつもと一味違った!? 輪をかけてヘンだったりする 硝子と仲間たちの物語を楽しんで頂ければ幸いです。

ではまた、今度は本編でお会いしましょう!!

Kaya Kuramoto
2006.

レジンキャストミルク

【EARLY DAYS】

椋本夏夜

原案／藤原祐

申し訳ありません
ひめひめ
きみちゃん
八重《やえ》さん
今日はちょっと野暮用が…
え――
なんでなんで?
あ わかった!
彼氏さんでしょ!
「城島《きじま》晶《あきら》」さん
いえ
なあんだー
じゃそう言ってくれればいいのにー
いえあの
んも 妬けるわねー
一つ屋根の下で暮らしてるのにまだ足りないってのね?
でもね 硝子 あえて言わせてもらうけど 色恋沙汰ではさじ加減が何より重要――
ひめひめ きみちゃん
ですから
彼氏ではありませんと今まで何度も訂正しているのですが
えー
そもそも今回の件に先輩は関係ありません
よーし
いいよ 硝子 スタート

皆さんこんにちは 一年九組出席番号十二番 城島硝子です
本日はこの 私立狭間学園高等学校を 皆さんにご紹介します
何?
ビデオ撮ってるんだって 学校案内の
あの子 例の一年生?
やっぱ かわいーよなー
ちっちぇー
速《はや》見《み》先輩!
おや 姫 見に来たの?
面白そうですもん
すごい騒ぎですね
まあね うちの学年でも評判だもの
すごい可愛い一年生が入ったって
やっぱこういうのは ヒキが大事じゃない?
来年の入学志願者 激増するかもよ
…とか言って 自分の趣味じゃ ないんですか?
え
……ま いいですけど…
よく硝子 OKしましたね
そこはそれ 蛇《じゃ》の道はヘビってやつ
ふふっ
――そもそも 彼の人生は苦難の 連続でした
明治七年、多摩の 貧農の息子として 生まれた彼は 口減らしのため七歳 で奉公に――
何の話?

長き別離の末に やっと巡り会えた 運命の相手…！ 二人は祝言を挙げ めでたく夫婦と なりました
翌年には珠のような 男の子が生まれて 彼は遅まきながら 人並みの幸せを手に したように見えました
ですがそんな ささやかな幸せも長くは 続きませんでした… その年の冬のこと 彼は金策に 産後の肥立 相次いで帰
しょーこちゃん… 一体……
最愛の妻と息子を 一度に喪った彼は 故郷の東京を離れ 昭和二年、裸一貫この 狭間市にて
…なんか 創立者の人生語ってる みたい…ですけど…
…………予習 しといてねとは 言ったんだけどね…
LL教室です
広さは144.25㎡ 机の数は38個
二つの机にひとつずつ モニターが設置されて います
正面には ホワイトボードと 可動式スクリーン が——
良かった ここはまともだ
やたら細かい ですけどね
ではまず最前列 向かって右の机から
コホン
この机には大小合わせて 二十四の傷がありますが 最も目立つのは中央部に シャープペンシルで刻まれた 『ミサコ』という文字列で
これは五年前の卒業生 大島美佐子さんの当時の 恋人 森下茂樹さんに よって書かれたものと見て 間違いありません
ちなみに余談ながら このふたりは卒業前に 破局を迎えています
原因は茂樹さんの 「ちょっとした出来心」に よる痴情のもつれと見られ
は別の 婚——
ここ後で カットできる？
じゃ 次は屋上ねー
え
あ… はい

ね 君子 ちょっと
なあにー
屋上といえばさ……
え…硝子ちゃんの彼氏さんが!? うそ…それって
ちょっとヤバいよね…
今日はシャケにしたの
雲がシャケの形だったから
里緒《りお》…
たまには野菜食えよ
晶だってピーマン残してるじゃない
ダメだよ せっかく硝子が作ってくれてるんでしょ?
う
いや あのな ものには程度ってもんがだな…
キャ
やっぱりいたー!
硝子ちゃんの彼氏さん!
?
うわっ
う 浮気? 浮気なの!?
わらわら
君子っ
なんだこれ…
え…しょ 硝子?

硝子…
硝子ちゃん…
ザワ
…しゅ 修羅場?
修羅場なの?
しっ
先輩
ドキ
いいかげん ピーマンを残すのは やめてください
好き嫌いは よくありません
…………
わーい 硝子だ 殊子《ことこ》も
どっ
どうしよ 笑いかけられちゃったよー
ダメよ君子 あたしたち硝子の 味方なのよ
でも… すごーくかわいい 人だよねー
つかそもそも 彼氏さんとしては どうなのよ!?
ふ二股? 二股なのー!?
………
ポン
キャーー!!

おや
何だよこれは
言ったでしょ? 学校案内のビデオ撮るから硝子ちゃん借りるねって
こんな騒ぎになるなんて聞いてないぞ
あれ いいのかな~? 晶クンには確か まだふたつかみっつ 貸しがあったよねぇ?
それに…
これもまた愛すべき日常ではないかな?
城島晶

大切に大切に
紡がなければね
だって
そうだ
僕自身の日常は
何もかもがすでに
喪われていて――
私達の
本当の日常はもう
とうの昔に
死んでしまって
いるのだから
だからこそ
僕は知っている
それがどんなに
かけがえのないものか
砂糖菓子のように
脆《もろ》く儚《はかな》く
壊さないよう
大切に
ギュッ
甘く
美しい――
――たとえ

いずれ遠からず
そう…だな
崩壊の日が訪れるとしても――
それに
ほら
硝子も楽し・・・そうだ
……………
どうだか
一週間後
あのビデオできたんだ
……………以上で学校案内を終了します
なお機密保持のためこのテープは再生終了後自動的に消滅――
するかっ
END

と、いうわけで――。
本編「レジンキャストミルク」もよろしくお願いします♥

私は、世界を――
空想と願望から生まれた異世界――【虚軸《キャスト》】
そして、【虚軸】と関わり異能を手にした者たち。
力を得、代わりに大切なモノを喪った、
少年と少女たちの物語が始まる……。

ほのぼの×ダークな学園アクション
レジンキャストミルク
藤原 祐 YU FUJIWARA
原案協力／イラスト／椋本夏夜 KAYA KURAMOTO

CAST キャラクター紹介

【固定剤／全一】リターダ／オール・イン・ワン

城島《きじま》 晶《あきら》

私立挾間学園二年三組。平凡な高校生。両親共に現在行方不明。その原因となった【無限回廊】を倒し、日常を守ることを誓う。

【全一】オール・イン・ワン

城島硝子《きじましょうこ》

一年九組。城島晶と同居中の小柄な美少女。最も強大な【虚軸】からやってきた異世界『そのもの』。……あと、プリン。

【有識分体】分裂病

柿原《かきはる》里緒《りお》

二年三組。いつも屋上にいる異端生徒。城島晶の親友。白い猫・小町を連れている。【虚軸】以外の第三者が識別できない。

【壊れた万華鏡】ディレイドカレイド

舞鶴《まいづる》 蜜《みつ》

一年九組。速見殊子の義理の妹。他人に対し敵意以外のものを持たない危険人物。でも意外に純情だったり……。

森町《もりまち》芹菜《せりな》

二年三組。快活で元気、ときどき暴力的。城島晶の幼馴染みで隣家に住む。

「アンノウン」ゆらゆら

佐伯《さえき》ネア《ねあ》

私立挟間学園保健教師。残酷自虐的なマシンガン言語で周囲を辟易とさせる。特殊な治癒能力の持ち主。

【目覚まし時計】ハラハラどけい

速見《はやみ》殊子《ことこ》

三年一組。生徒会書記。【虚軸】『目覚まし時計』を抱え込んだ少女。舞鶴蜜の義理の姉。世界を浮遊するトリックスター。

皆春《みなはる》八重《やえ》

一年九組。背が高く、ぶっきらぼう。硝子のクラスメイトその3。

直川《なおかわ》君子《きみこ》

一年九組。小柄で元気。趣味は読書。硝子のクラスメイトその2。

姫島《ひめしま》 姫《ひめ》

一年九組。つっこみ役。BL好き。硝子のクラスメイトその1。それと――。

◉藤原　祐著作リスト

「ルナティック・ムーン」（電撃文庫）
「ルナティック・ムーンII」（同）
「ルナティック・ムーンIII」（同）
「ルナティック・ムーンIV」（同）
「ルナティック・ムーンV」（同）
「レジンキャストミルク」（同）
「レジンキャストミルク2」（同）
「レジンキャストミルク3」（同）
「レジンキャストミルク4」（同）
「レジンキャストミルク5」（同）

本書に対するご意見、ご感想をお寄せください。

■

あて先

〒101-8305　東京都千代田区神田駿河台1-8　東京YWCA会館
メディアワークス電撃文庫編集部
「藤原　祐先生」係
「椋本夏夜先生」係

■

電撃文庫

れじみる。

藤原《ふじわら》 祐《ゆう》

発　行　二〇〇六年十二月二十五日　初版発行

発行者　久木敏行
発行所　株式会社メディアワークス
〒一〇一-八三〇五東京都千代田区神田駿河台一-八
東京YWCA会館
電話〇三-五二八一-五二〇七（編集）

発売元　株式会社角川書店
〒一〇二-八一七七東京都千代田区富士見二-十三-三
電話〇三-三二三八-八六〇五（営業）

装丁者　荻窪裕司（META＋MANIERA）

印刷・製本　旭印刷株式会社

ISBN4-8402-3641-0 C0193

電撃文庫創刊に際して

文庫は、我が国にとどまらず、世界の書籍の流れのなかで〝小さな巨人〟としての地位を築いてきた。古今東西の名著を、廉価で手に入りやすい形で提供してきたからこそ、人は文庫を自分の師として、また青春の想い出として、語りついできたのである。

その源を、文化的にはドイツのレクラム文庫に求めるにせよ、規模の上でイギリスのペンギンブックスに求めるにせよ、いま文庫は知識人の層の多様化に従って、ますますその意義を大きくしていると言ってよい。

文庫出版の意味するものは、激動の現代のみならず将来にわたって、大きくなることはあっても、小さくなることはないだろう。

「電撃文庫」は、そのように多様化した対象に応え、歴史に耐えうる作品を収録するのはもちろん、新しい世紀を迎えるにあたって、既成の枠をこえる新鮮で強烈なアイ・オープナーたりたい。

その特異さ故に、この存在は、かつて文庫がはじめて出版世界に登場したときと、同じ戸惑いを読書人に与えるかもしれない。

しかし、〈Changing Time, Changing Publishing〉時代は変わって、出版も変わる。時を重ねるなかで、精神の糧として、心の一隅を占めるものとして、次なる文化の担い手の若者たちに確かな評価を得られると信じて、ここに「電撃文庫」を出版する。

1993年6月10日
角川歴彦

電撃文庫

レジンキャストミルク 藤原 祐 イラスト／椋本夏夜 ISBN4－8402－3151－6	レジンキャストミルク2 藤原 祐 イラスト／椋本夏夜 ISBN4－8402－3278－4	レジンキャストミルク3 藤原 祐 イラスト／椋本夏夜 ISBN4－8402－3435－3	レジンキャストミルク4 藤原 祐 イラスト／椋本夏夜 ISBN4－8402－3452－3	レジンキャストミルク5 藤原 祐 イラスト／椋本夏夜 ISBN4－8402－3555－4
「先輩、朝です。起きて下さい」。平凡な高校生・城島晶の枕元で、毎朝、中華鍋を無表情に叩く美少女、硝子。彼女の正体は、異世界から来た奇妙な存在で……。	相変わらずとぼけた日常を送る城島硝子とクラスメイトたち。だけどその内のひとり、姫島姫には硝子たちにも内緒にしている秘密があって……？	こんにちは、城島硝子です。クラスメイトの男子に海へ誘われてしまいました。あの、マスター……私どうするのが適当なのでしょうか？　とぼけつつも事態は緊迫の第3巻。	舞鶴蜜のたったひとりの友達だった少女、直川君子。彼女に訪れた危機に、蜜は昔のことを思い出し、そして――。連続刊行！　シリーズ第4巻！	夏休みが終わり、二学期。晶たちのクラスである二年三組に、双子の転校生がやって来る。晶は彼らが【虚軸】かどうかを確認しようとするが……？
ふ-7-6　1149	ふ-7-7　1207	ふ-7-8　1264	ふ-7-9　1279	ふ-7-10　1319

電撃文庫

れじみる。

藤原 祐
イラスト／椋本夏夜

ISBN4－8402－3641－0

城島硝子とちょっぴりヘンな仲間たちが贈るほのぼの100％連作集。蜜ちゃん初めての手作りお弁当、海水浴で大事件などなど、書き下ろしも加えて遂に文庫化！

ふ-7-11　1362

ルナティック・ムーン

藤原 祐
イラスト／椋本夏夜

ISBN4－8402－2458－7

少年は〈月〉を探していた。機械都市バベルの下に広がるスラムの中で……。そして少年が少女と出会うとき、異形のものとの戦いが始まる……。期待の新人デビュー！

ふ-7-1　0841

ルナティック・ムーンII

藤原 祐
イラスト／椋本夏夜

ISBN4－8402－2546－X

〈稀存種〉としての力に目覚め、機械都市バベルでケモノ殲滅のための生活を始めたルナ。そんな彼の許に現れたのは「悪魔」と呼ばれる第2稀存種の男だった……。

ふ-7-2　0874

ルナティック・ムーンIII

藤原 祐
イラスト／椋本夏夜

ISBN4－8402－2687－3

変異種のウエポンを抹殺するため、純血主義の組織が派兵を決めた。背後に見え隠れする「繭」の遣い手。そして彼が動く時、第5稀存種が遂に覚醒する……。

ふ-7-3　0935

ルナティック・ムーンIV

藤原 祐
イラスト／椋本夏夜

ISBN4－8402－2845－0

有機溶媒のプールに浸る狂気に犯された一人の少女。そして、ロイドに捕らえられたルナとシオンに対し、機械都市バベルの真の目的が遂に明かされる！

ふ-7-4　1019

電撃文庫

デュアン・サークⅡ①翼竜の舞う谷〈上〉

深沢美潮
イラスト／戸部 淑

ISBN4－8402－2189－8

翼竜の子供たちを連れ、竜騎士の国に向かうことになったデュアン一行。そこに待ちうけていたものは!? 大好評デュアン・サークシリーズ、第2部のスタート!!

ふ-1-37 0720

デュアン・サークⅡ②翼竜の舞う谷〈下〉

深沢美潮
イラスト／戸部 淑

ISBN4－8402－2403－X

謎のネクロマンサーに脅かされている竜騎士の国。絶体絶命の彼らを救うため、デュアン一行は双頭の魔術師とともに立ち上がる！『翼竜の舞う谷』完結編!!

ふ-1-38 0807

デュアン・サークⅡ③魔法戦士誕生〈上〉

深沢美潮
イラスト／戸部 淑

ISBN4－8402－2570－2

オルバたちと別れ、魔法戦士修行のため一人バハルムへやって来たデュアン。そこには新たな仲間との出会いと、危機迫る新たな冒険が待っていた……！

ふ-1-40 0882

デュアン・サークⅡ④魔法戦士誕生〈下〉

深沢美潮
イラスト／戸部 淑

ISBN4－8402－2751－9

闇魔の魔の手から『森の宝』を奪い返すべく、デュアンは敵の本拠地へと乗り込む！ デュアンの秘めたる力は発揮されるのか!?「魔法戦士誕生」編、完結！

ふ-1-43 0969

デュアン・サークⅡ⑤勇者への道〈上〉

深沢美潮
イラスト／戸部 淑

ISBN4－8402－3039－0

金の森を救ったデュアンは、ロンザ国王の招きに従い王都ロミリアへ。一方オルバはアルフレックたちと共に大ダンジョンへと向かうが……!? 新章スタート！

ふ-1-45 1090